丸の内で就職したら、幽霊物件担当でした。9

竹村優希

角川文庫
22603

C o n t e n t s

丸の内で就職したら、幽霊物件担当でした。

吉《よし》原《はら》不動産

東京・丸の内に本社がある、財閥系不動産会社。
オフィスビル、商業施設の建設・運用から
一般向け賃貸まで、扱うジャンルは多岐にわたる。

新《しん》垣《がき》 澪《みお》

幽霊が視え、引き寄せやすい体質。
鈍感力が高く、根性もある。
第六リサーチで次郎の下で働く。

長《なが》崎《さき》次《じ》郎《ろう》

吉原グループの御曹司。
現在は第六リサーチの副社長。
頭脳明晰で辛辣だが、
優しいところも。

株式会社第六リサーチ

丸の内のはずれにある吉原不動産の子会社。
第六物件管理部が請け負っていた、
「訳アリ物件」の調査を主たる業務としている。

マメ
幽霊犬。飼い主を慕い成仏出来ずにいたが、澪に救われ、懐く。
溝《みぞ》口《ぐち》 晃《こう》
超優秀なSE。本社と第六リサーチの仕事を兼務している。霊感ゼロの心霊マニア。
高《たか》木《ぎ》正《まさ》文《ふみ》
本社の第一物件管理部主任。次郎の幼なじみ。容姿端麗、紳士的なエリートで霊感が強いが、幽霊は苦手。
伊《い》原《はら》 充《みつる》
第六リサーチに案件を持ち込んでくる軽いノリの謎多きエージェント。
リアム・ウェズリー
英国の世界的ホテルチェーンの御曹司。完璧な美貌のスーパーセレブだが少々変わり者。第六リサーチにときどき出入りしている。

イラスト/カズアキ

東京は丸《まる》の内《うち》。

無機質なビルが延々と立ち並ぶ中、ひときわ異彩を放っているのは、第六《だいろく》リサーチがオフィスを構えるキラナビルジング。

その佇《たたず》まいは、とにかく浮いている。年季の入り方からしても、この一画だけ時間の流れ方が違うのでないかと錯覚してしまう程に。

ただ、ここに通い始めて一年半になる澪《みお》は、周りを囲む建物の圧でいつか消し飛ばされてしまいそうなこのビルに対し、徐々に愛着を持ちはじめていた。

理由のひとつとして、キラナビルのオーナーである東海林《しょうじ》の存在が大きい。

出会った当初、浮世離れした東海林を霊だと勘違いしてしまったという忘れてしまいたい過去もあるが、今や、澪にとって心を許せる存在の一人となっている。

いろいろと謎の多い人物ではあるけれど、東海林が醸し出す、すべてを受け入れてくれる優しい空気感には、なんともいえない心地よさがあった。

「──マメになにが起こっているか、ですか……」

ある日の昼休み、澪は東海林が私用として使っている五階を訪ね、相談を持ちかけていた。

内容は、他でもないマメのこと。

昨年末くらいからマメの姿はどんどん薄くなり、澪たちの前に姿を現すことが減ってしまった。

もし成仏するならきちんと見送ってあげようと、一度は別れの覚悟を決めたものの、先日次郎《じろう》が口にしたのは、マメがトラブルに巻き込まれている可能性。

もしそうなら放ってはおけないと、澪は、あくまで業務外にという約束のもと、次郎とともに調査を進めることを決めた。

しかし、調査には今のところこれといった進展はなく、相変わらずマメも姿を現してくれない。

「はい……。おかしな相談だってわかってるんですけど、マメが現れてくれなくなった理由がどうしてもわからなくて……」

「長崎《ながさき》くんは、トラブルだと？」

「ただの勘だとは言っていましたけど、そう考えてるみたいです。マメは賢いですし、あんなに懐いているのに、黙っていなくなるなんて逆に不自然じゃないかって」

「……確かに、そういう考え方もありますが……」

東海林は語尾を濁らせ、しばらく黙って考え込んだ。

次郎いわく、東海林は高い能力を持つ元霊能者であり、経験にしても知識量にしても、横に並ぶ者はまずいないらしい。

そんな東海林をここまで悩ませてしまうということは、マメに起こっている現象が特別異常であり、難解であることを意味する。

沈黙が長引くごとに不安が膨らみ、澪は思わず口を挟んだ。

「すみません、おかしな相談して困らせてしまって……。そもそもマメの存在自体が普通じゃないってわかってるんです。……本当はすぐに成仏できたはずなのに、残ってくれて、助けてくれて、まるで本物のペットみたいで……」

すると、東海林は我に返ったように顔を上げ、首を横に振る。

「いやいや、困ってなんていませんよ。……そもそも、霊がこの世に留《とど》まる理由なんてそれぞれですから、普通はこうだなんて考え方は無意味です。ただ、そのぶん可能性は無限にあるので、難しいなと。長崎くんが言うように、トラブルも含めてね」

「無限に……？」

「ええ。思い残しは、決して無念や恨みのようなネガティブなものだけではありません。あえて単純な言い方をするならば、成仏とは、肉体を失った魂にとって究極の癒《いや》しであることは確かですが、強制されるものではないので。ですから、心配や愛情で留まっている場合も実際にありますし、自分の意思で成仏を先延ばしにすることが、異常な現象とは言いきれません。究極の癒しを前にして拒否するなんて、ごく稀《まれ》であることは否めませんが」

成仏が強制ではないという東海林の説明は、わかりやすく、とてもしっくりくるものだった。

現に、澪は第六で働く中で、恨みを持たず信念や優しさだけで留まる霊たちに何度も出会ってきた。

「……マメも、それに当てはまるってことですよね……？」

「ええ。ただ、留まったところで普通は生きている者と交流なんてできませんから、いずれは気が済んで成仏していくものです。……一方、マメの場合は、澪さんや長崎くんのような敏感な人間に囲まれ、交流はもちろん手助けすることもできる。……まさに普通のペットのように意思疎通が叶《かな》っているわけです。……となると、黙って成仏するのは確かに不自然かもしれませんね」

「だから、次郎さんはトラブルに巻き込まれたかもしれないって言ってたんだ……」

「だと思います。……そう決めつけるには少し早いかもしれませんが、あくまでマメに成仏する意思がないのなら、可能性はあるかと」

「なるほど……。なんだか、すごく納得しました……。ありがとうございます」

東海林の話は専門的だが、口調が丁寧で穏やかなお陰か、まるで説法を聞いているかのようにスッと言葉が入ってくる。

スリーピースにハットという英国紳士のような出《い》で立ちからは想像できないけれど、かつては寺の住職をしていたという東海林の経歴に、澪は改めて納得した。

「いえ、マメのことは曖昧《あいまい》なことしか言えませんし、お礼を言われると心苦しいですが……、ただ、ご相談にはいつでも乗りますので、澪さんはくれぐれも無理なさらないように。あなたは、少し敏感すぎますから」

「気を付けます……」

澪が苦笑いを浮かべると、東海林はやれやれといった様子で肩をすくめる。そして、すっかり冷めてしまった紅茶を飲みながら、折り紙だらけの部屋に視線を移した。

その切なげな目を見ていると、ふと、澪の心がざわめく。

東海林が空いたオフィスを専用部屋として使う程に折り紙に心酔するまでの所以《ゆえん》を知ったのは、偽物の慰霊碑を撤去するため、一緒に茨城《いばらき》の民宿、みずなぎ荘へ向かった日のこと。

東海林は帰りの車の中で、娘の存在を過去形で語った。

そして、ポケットから年季の入った折り鶴を取り出し、娘の願いが込められていると話した。

それ以上詳しく語ることはなかったけれど、辛《つら》い過去を持つことは十分に伝わってきたし、折り鶴を見つめる東海林の表情は、今も忘れられない。

しゅんとした澪に、東海林は優しく目を細めた。

「もしかして、私に同情してくれていますか？　中途半端に娘のことを話してしまったから、かな」

「えっ……？　い、いえ……、あの……」

まさか考えていることを当てられるとは思わず、澪はわかりやすく動揺する。

すると、東海林は胸ポケットから折り鶴をひとつ取り出し、そっと撫《な》でた。

「……隠したいわけではないのですが……、あまり楽しい話ではありません。……澪さんは優しいので、聞けばきっと心を痛めてくれるでしょう。なので、今は語らないでおきます」

「東海林さん……」

「聞いてもいないのに、そんな顔をしないでください。……そうだ、冷蔵庫の中に、銀《ぎん》座《ざ》で買ってきたミルフィーユがあります。よかったらいかがですか？」

「あの……、私のこと、どんなときでも甘いものに１００％釣られる女だと思ってません……？」

「違いました？」

「……違いませんけど」

本気で釣られたわけではなかったけれど、今の澪には、東海林が用意してくれた引き際に黙って乗っかる以外の選択肢はなかった。

ただ、——いつか、東海林の苦しみを少しでも軽くしてあげられたらいいのにと、心からそう願っていた。

第一章

「ピアニストで、週末は高原の別荘暮らしかー。両親の素性は内緒だって言ってたけど、芸能人？　政治家？　まさかのマフィア？……ま、なんでもいいけど、世の中にはいろんな人がいるよねー」

　高速を走るワンボックスカーの中で、晃《こう》が資料を捲《めく》りながらブツブツとぼやく。

　ようやく夏が明けたある日、澪たちは、山梨《やまなし》県の八ヶ岳南麓《やつがたけなんろく》にある清里《きよさと》高原へ向かっていた。

　目的は言うまでもなく、訳アリ物件の調査。今回は、伊原《いはら》が持ち込んだ案件だった。

「晃くん、依頼主のことをあまり詮索《せんさく》するのはよくないよ……。それに、依頼主のお嬢さんの情報だって、本当は明かせないって言われたのに無理やり聞き出したんだから……」

「情報ってまさか、お嬢様の週末の過ごし方のこと？……そんなの、情報って呼べる程のものじゃないでしょ。にしてもさ、いい加減気にならない？　伊原さんの交友関係。怪しい金持ちばっかじゃん」

「でも、お陰でいい仕事が貰《もら》えてるわけだし」

「それはまぁ、そうだけど。……とにかく急いで調査しろなんて、どんな傲慢《ごうまん》な奴だよって思って」

晃が言う通り、今回の調査には、とにかく早く解決してくれという依頼主からの強い要望があった。

結果、事前調査どころか起こっている現象の詳細もロクに聞けないまま、いきなり現地に向かっている。

普段の次郎なら、たとえ法外な報酬を積まれようとも、さすがにこんな無茶な依頼を請けることはない。

ただ、今回は、伊原の強い要望――平たく言えば、しつこい泣き落としによって、渋々請けざるを得なかった。

時は、二日前に遡《さかのぼ》る。

「――次郎くん！　頼む！　一生のお願い……！」

第六のオフィスへ来るやいなや、伊原はいきなり次郎の足に縋《すが》り付いた。

「あの……、伊原さん、ひとまず応接室へ……」

「澪ちゃん！　俺は真剣なんだよ！」

「そ、そういう問題では」

伊原の様子を見て瞬時に澪の頭を過《よぎ》ったのは、よほど無茶な依頼を持ってきたのだろうという予感。

伊原からの依頼は、報酬こそ高いものの、依頼主側があまり情報を提供してくれなかったり、こちらの条件を呑《の》んでくれなかったりと、スムーズにいかないものが多い。

標準でその有様なのに、今回の伊原の勢いを見るからに、これまでとは比較にならない程にやり辛い依頼であることは明らかだった。

次郎も同じことを考えたのだろう、まとわりつく伊原をうんざりした表情で引き剥《は》がす。

「早く入れ鬱陶《うっとう》しい」

伊原は次郎に促されてようやく応接室のソファに座ったものの、落ち着きなく身を乗り出した。

そして、早速、考えられないひと言を放った。

「次郎くん、今すぐに山梨へ向かってほしい！　今、すぐ！」

「は……？」

さすがの次郎も、唖然《あぜん》としていた。

コーヒーを淹《い》れるために給湯室へ向かおうとしていた澪は、驚いて振り返る。

すると、伊原は心底困ったような表情を浮かべ、大袈裟《おおげさ》な仕草で天井を仰いだ。

「緊急なんだよ……！　なにも聞かずに首を縦に振ってほしい……！」

予想を上回る酷《ひど》い要求に、澪の頭は真っ白になる。

次郎も怠《だる》そうに脚を組み、やれやれと溜《た》め息をついた。

「どうせまた依頼主の勝手な都合だろ。……そんなことを言い出す奴は、だいたい後から苦情を言ってくる。悪いが、ことわ——」

「待って！　言わないで！　せめて話を聞いて！」

「なにも聞かずに頷《うなず》けと言ったのはお前だろ」

「悪かった！　取り消す……！　ちゃんと話すから頼むよ、助けて……」

弱々しく細った語尾に、澪はふと違和感を覚えた。

伊原という人間は、普段から適当でいい加減な男という皮を被《かぶ》り、数々のセレブに取り入って世渡りをする異常なまでの要領の良さを持っている。

だから、澪は今日のこともすべて伊原の演技であり、請けさせるための作戦だろうと思っていた。

なのに、か細い声で助けてと零《こぼ》す姿は、なんだか伊原らしくない。

「次郎さん、一旦《いったん》、お話だけでも聞いてあげては……」

思わず助け舟を出した澪に、伊原は目を輝かせた。

「天使発見……！」

「……どうせ、ロクでもない依頼だぞ」

「私も嫌な予感しかしてませんけど、とりあえず聞くだけならって……」

おずおずとそう言うと、次郎は渋々頷く。

その瞬間、真っ青だった伊原の顔に血色が戻った。

「やった……！」

「とりあえず、コーヒーを淹れてきます。伊原さんはまず落ち着いてくださいね」

「わかった！　ありがとう……！」

極端なまでに元気な返事を聞き、澪は今度こそ給湯室へ向かう。

本音を言えば、澪としても伊原からの依頼はあまり請けたくない。それどころか、伊原がオフィスに依頼を持ってやってくるたび、心の中では次郎が断ってくれますようにと必死に祈っているくらいだ。

ただ、伊原からの依頼で得られる報酬が、第六リサーチの収益の中で大きなインパクトとなっていることは否めない。認めたくはないが、伊原は第六にとって大切なエージェントだ。

澪は、伊原が高木《たかぎ》のような常識人だったらよかったのにと心底思いながら、コーヒーをセットする。

しかし、――その後応接室で伊原が口にしたのは、予想をはるかに上回る雑な依頼だった。

依頼内容自体は、清里高原の別荘で数ヶ月前から不気味な視線を感じるようになったから、調査してほしいという有りがちなもの。

問題は、澪の予想を裏切らず、依頼主の方にあった。

簡単に言えば、最初に伊原が訴えていた「今すぐに山梨へ向かってほしい」という言葉がすべてだった。

「――つまり、依頼主の素性は明かせず、情報提供に協力する気もなく、とにかく指示する場所へ行ってさっさと異変の原因を突き止めろ、と」

「ま、まあ……言い方はともかく、その理解で合ってはいるんだけどさ……っていうのが、依頼主がなかなか影響力のある大物でね……、例の通り、心霊調査にも半信半疑だし……」

「なら、わざわざ依頼してこなければいいだろう」

「それが、霊の仕業じゃないかってのは、依頼主の一人娘が言い出したことらしくて。別荘自体、娘のために買ったものなんだって。……それが、最も厄介なポイントなんだよ。依頼主は娘を溺愛《できあい》してるから、断ろうものなら、その人のひと声で俺のセレブネットワークがすべて白紙になりかねないっていう」

「それであんなに慌ててたんですか……。それにしても、こう言っちゃなんですが、今回もまたずいぶん横柄《おうへい》な依頼ですね……」

「それは仕方ないでしょ。そもそも俺の持つネットワーク自体、コメツキバッタのように頭を下げまくって、指紋がなくなるまで揉《も》み手《で》を繰り返して広げたものなんだから。相手は余裕で横柄だよ」

「ドヤ顔で言わないでください」

「とにかく、俺の顧客が減っちゃうと第六だって困るでしょ……？　頼むよ、次郎くん

「……」

気が乗らない依頼であることに変わりはないが、伊原の言うことはもっともだった。

反応のない次郎に澪がチラリと視線を向けると、次郎はうんざりした表情でネクタイを緩める。

「頼むよ……。報酬も高いし……」

「……」

「山梨はシャインマスカットの季節だし……？」

「……」

冷ややかな目で睨《にら》まれ、伊原は目を逸《そ》らした。懲りない人だと思いながら、澪は黙って次郎の反応を待つ。

ただ、悩んでいる時点で、もはや答えは出ているも同然だった。

そもそも、次郎が断るときは、もっと有無を言わせない勢いであっさりとシャットアウトしてしまうからだ。

現に、固唾《かたず》を飲んで見つめる伊原に、次郎はかなり不本意そうではあるものの、結局は首を縦に振った。

「仕方ないな。……ただ、今後はあまり強引な依頼を持ってくるな。泣き落としは今回で最後だからな」

「次郎くん……！ ありがとう……！」

「とりあえず、現地の場所を教えろ」

「了解了解！　あとでちゃんとメールするけど、ざっくり言えば清里高原の……、ここらへんかな」

伊原はいそいそと携帯を取り出し、マップを表示させる。

澪は横からディスプレイを覗《のぞ》き込み、――ふと、心にざわめきを覚えた。

「ここ、って……」

「うん？　もしかして行ったことある？」

「…………」

「……例の廃寺《はいじ》に近いな」

まさに、次郎が口にした通りだった。

清里高原の近くには、次郎の兄である一哉《かずや》捜索の一環で訪れた廃寺がある。後に事件の犯人として逮捕された吉原慶子《よしはらけいこ》をそそのかした僧侶《そうりょ》、仁明《にんみょう》が拠点として使っていた打ち捨てられた寺だ。

澪はそこで市松人形に憑《つ》いた少女と出会い、一哉について、いくつかの手がかりを得た。

あの頃の澪は一哉が生きていると信じていたし、絶対に見付けてみせると意気込み、とにかく必死だった。――けれど、事件のすべてが明らかとなり、一哉の死が判明した今、廃寺を思い出すと胸が痛む。

「え、なになに？　廃寺？」

「あ……いえ、前に調査でこの辺りに行ったことがあって」

「へえ……？　そんな偶然あるんだ？　じゃ、少しは土地勘あるってことで、不安も減るね……！」

的外れとはいえ、無理やりポジティブに持って行こうとする伊原に、正直、澪は少し助けられていた。

曖昧《あいまい》に笑うと、伊原はそそくさと立ち上がり、出口に向かう。

「とりあえず、請けてくれるってことで……！　気が変わらないうちに俺は帰るよ！……次郎くん、決行は今週中に頼むね！」

「は？　おい……」

「じゃあまた！」

伊原は爆弾発言を残し、逃げるように出て行ってしまった。

静まりかえった応接室でポカンとしていた澪は、ふいに次郎からの視線に気付く。

なんだか心の中を読まれてしまいそうで思わず目を逸らすと、次郎はソファから立ち上がり、すれ違いざまに澪の肩を軽く叩《はた》いた。

「一哉なら、お前の後ろにいるだろ」

「え……？」

「別に、気にする必要はない」

「あ……」

どうやら、誤魔化しは無意味だったらしい。次郎の方がよほど辛《つら》かったはずなのにと、澪は、逆に気遣わせてしまったことを反省した。

ともかく、なんの因果か、澪たちは清里高原に向かうことになり、――今に至る。

「――うわ、立派な別荘……。庭も広いし、これをセレブのお嬢様が一人で使ってんの……？ やっぱ……」

指示された別荘に着くと、晃は敷地に入るやいなや愕然《がくぜん》としていた。

確かに、女性一人が週末だけに使う場所としては、あまりにも豪華だった。

門を潜れば芝が綺麗《きれい》に刈り込まれた広い庭が広がり、奥には、二階建ての邸宅が見える。

外壁はコンクリート打ちっぱなしとやけに近代的で、まったく凹凸のない真四角なデザインは、周囲に広がる高原の風景の中でこれ以上ないくらいに浮いていた。

一階の庭側は一面ガラス張りになっていて、カーテンの隙間から、グランドピアノが見える。

セレブでピアニストだと聞いてはいたけれど、まるで映画のセットのような光景に、澪も驚きを隠せなかった。

しかし、次郎は平然と先を歩きながら、澪たちを急《せ》かす。

「要望通りさっさと終わらせるぞ」

「す、すみません……。なんか、圧倒されちゃって……」

澪は無理やり頭を切り替え、次郎の後を追った——けれど、衝撃は、それだけでは終わらなかった。

中に入ってまず驚いたのは、その間取り。

建坪はかなり大きいはずだが、一階には吹き抜けのＬＤＫしかなく、二階も寝室のみ。ただただ贅沢《ぜいたく》であるという感想しか出てこず、澪はだだっ広いリビングでしばらく立ち尽くした。

一方、次郎は相変わらず落ち着き払い、タブレットにざっくりと間取りを書き記していく。

「平面図の提供すらないとは、本気でふざけてるな……。間取りがシンプルなお陰で調査は楽だが」

「ここを吹き抜けにしなきゃ、５ＬＤＫは取れそうな広さですよね……。見るからに築浅ですし、最初からお嬢さん専用に建てたってことでしょうか……」

「一階のガラスが防音仕様になってるところを見ると、ピアノを弾くためだけの家という感じだな。……まあ、依頼主のことはどうでもいい。カメラを仕掛けるぞ」

「は、はい……！」

澪たちは家の中をざっと確認すると、それから機材を運んだ。

ちなみに、今回ここで起こっている心霊現象の詳細として、澪たちが唯一得ているのは、「ピアノを弾いているときや、寝ているときに視線を感じる」というもの。

いつもの調査なら、目撃情報のない部屋を拠点にして結界を張り、リビングと寝室の両方をモニタリングする流れになるが、今回は贅沢な間取りのせいで、そういうわけにはいかない。

結果、ひとまず寝室を拠点とし、リビングに狙いを定めることになった。

リビングには様々な角度から計六台のカメラが仕掛けられ、拠点には機材をセッティングし、準備が整ったのはちょうど日が暮れる頃。

情報が極端に少ないぶん調査は手探りだが、初日の計画としては、霊障に敏感な澪が囮《おとり》になり、リビングで霊が現れるのを待つというもの。今や、第六が行う調査でもっとも定番と言える配置だ。

「――正直、依頼主の娘の勘違いの可能性も十分にあると思ってるが……、もし危険なときはすぐに結界に入れよ」

「はい。今のところ、おかしな気配はまったくないですが……」

「同意見だ。……ただ、山の中にはときどき厄介な奴が彷徨《さまよ》っていることがある。あまり油断するな」

「わかりました」

澪たちは打ち合わせを終えると、それぞれの配置についた。

気配がないとはいえ、だだっ広いリビングにたった一人というのはなんだか落ち着かない。毎週末使っているという依頼主の娘はよく心細くないものだと、澪はしみじみ思った。

部屋のど真ん中に敷いた寝袋の上に座ってぼんやりしていると、ふいに、インカムから晃の声が響く。

「澪ちゃん、退屈そうだね」

「退屈っていうか……、なんだかソワソワしちゃって。天井は高いし、目の前にはグランドピアノがあるし、人が生活する場所だと思えなくて」

「確かに。リラックスするのは無理だよね」

晃の笑い声を聞きながら、ふいに思い浮かべるのはマメのこと。マメがいてくれたらこんな気持ちも紛れただろうにと、つい考えてしまう。

ただ、今や、マメは姿を現すどころか、気配を感じることすら少なくなった。

それでもなんとか寂しさに耐えられているのは、マメのことを調べようと言ってくれた次郎のお陰だ。

しかし、それからすでに三ヶ月以上が経つというのに、いまだにこれといった手がかりはない。

「マメ……」

澪は、インカムの存在をつい忘れ、マメの名を呟《つぶや》く。

するとイヤホンから次郎の溜《た》め息が聞こえた。

「あ、すみません、つい……」

「重症だな。ただ、一応調査中だから油断するなよ」

「わ、わかってます……」

澪は、次郎が強調した「一応」という言葉に苦笑いを浮かべる。

どんな霊が出るのか、むしろ本当に霊が出るのかすらわからない状態での行き当たりばったりな調査では、そう表現されても無理はない。

澪自身もまた、いつものような緊張感を維持できないでいる。

澪は寝袋の上に寝転がり、改めて部屋をぐるりと見渡した。

家具は少なく、本来リビングとされる側にはグランドピアノのみ。ダイニング側に、ソファとローテーブル、そして、テレビボードとチェストが一台ある。

壁面には大きな絵画が二枚飾られているが、部屋があまりに広すぎるせいか、逆に物寂しさを強調していた。

「あの絵、高いのかな……」

思わず呟くと、晃が可笑《おか》しそうに笑う。

「そりゃ高いでしょ。僕は芸術のことなんてわかんないけど、これだけセレブアピールが強い別荘に安い絵を飾る意味なんてないじゃん」

「そ、それはさすがに解釈が歪《ゆが》んでる気がする……！　純粋に芸術品が好きなのかもしれないのに……」

「そうかなー。芸術どうこう言う人間が、ここまで大自然の景観ぶっ壊す建物を建てるかなぁ」

「…………」

澪はこの別荘の無機質な外観を思い出し、反論できずに口を噤《つぐ》んだ。

第六が子会社化してからというもの、主に伊原からの依頼を通じて偏ったセレブを見すぎてきたせいか、澪自身、素直に憧《あこが》れる気持ちを失いつつある。

皆がそうではないとわかっているけれど、あまり好きになれそうにない人間が多くいたことも事実だ。

「みんな、リアムみたいにピュアで優しいセレブだったらな……。まあ、趣味はちょっと変だけど」

「確かに。リアムはちょっと特殊すぎるけどね」

「それは本当にそう思う」

晃の笑い声が響き、澪も思わず笑う。

気付けば、ソワソワしていた気持ちが少し落ち着いていた。

おそらく、晃は一人で待機する澪を気遣い、雑談に付き合ってくれたのだろう。晃のこういう細やかな優しさは、出会った頃からまったく変わっていない。

ふたたび静かになったリビングで、澪はぼんやりと天井を見上げた。

相変わらず、霊障が起こりそうな気配はない。

窓の外では、月明かりの下、木々が風に煽《あお》られて枝を揺らす様子が見える。

——ここなら、星もたくさん見えそう……。

澪はふと、実家に住んでいた頃にときどきベランダから眺めた星空を思い出した。

埼玉《さいたま》県狭《さ》山《やま》市の、畑に囲まれた静かな場所に建つ実家のマンションからは、夜になれば当たり前のように星が見えた。

当時は普通のことだと思っていたけれど、東京に住みはじめてからというもの、夜の暗さや星の明かりをやけに恋しく思うときがある。

ふいに衝動に駆られ、澪は立ち上がって窓越しに空を眺めた。

けれど、室内の照明が窓ガラスに反射してよく見えず、澪は庭に通じるガラス戸を細く開ける。

「どうした？」

即座に次郎の声が響き、澪は慌てて振り返ってカメラに向けて首を横に振った。

「な、なんでもないです……！　星が見えるかなって思っただけで……」

「星？」

「すみません……、のどかな場所で育ったせいか、急に星空が恋しくなっちゃいまして……」

澪がそう言うと、インカムからかすかにカーテンを開ける音が響く。同時に、晃の叫び声が聞こえた。

「うわ、本当だ！　星すごいじゃん！」

「こ、晃くん……、そんな大声出したら鼓膜が破れる……」

「ごめんごめん！　星なんてあんま意識して見たことなかったけど、超綺麗《きれい》だから驚いちゃって！　気温もだいぶ下がったし、空気が澄んでるんだね！」

意外にも無邪気な反応が返ってきて、澪は思わず笑う。

そして、改めてガラス戸の隙間から空を見上げた瞬間、晃が感激するのも無理はないと納得した。

「澪ちゃんの実家もこれくらい見えるの？」

「まさか。のどかだって言っても埼玉だし、ここまでは見えないよ」

「そっかー。まぁ、夜の都心って宇宙から見ても眩《まぶ》しいらしいしね。埼玉じゃ、ここまでは無理か」

澪はガラス戸を開けたまま、ぼんやりと星を眺める。

しかし、高原の夜の空気は想像以上にひんやりしていて、みるみる体温が奪われ、澪は名残惜しくもガラス戸の取手に手をかけた。――そのとき。

ふと、視界の端でなにかが動いたような気がして、動きを止める。

しかし、暗くて庭の様子はよくわからないし、耳を澄ましても、聞こえてくるのは木々のざわめきのみ。

――動物でもいるのかな……。

そう考えると、多少は気が楽だった。

周囲は森に囲まれているし、野生動物が庭に侵入してもなんら不思議はない。

ただ、たとえそうだとしても、暗闇で気配を感じるというのはあまり気持ちのいいものではなかった。

澪は気にするのをやめ、ようやくガラス戸の取手を引く。――しかし、そのとき。

「っ……！」

突如、暗闇でガサガサと不自然な音が響き、――声を上げる間もなく、なにかの気配がすごい勢いで澪へと迫ってきた。

それは強引にガラス戸を押し広げて部屋へ侵入し、澪を床に押さえ付ける。

背中を激しく打ち付けた澪は、痛みと混乱で頭が真っ白になった。

しかし、そんな中でも、確実に言えることがひとつあった。

それは、澪を押さえつけている何者かが、少なくとも霊ではないということ。澪の両肩を掴《つか》む手には、霊からは絶対に感じられるはずのない体温があった。

「なっ……、なんで……！」

その事実が、混乱をさらに煽る。澪にとっては、霊が出てくるよりもずっと恐怖だった。

必死に抵抗するが、男は澪に覆いかぶさったままビクともしない。――そして。

「さ、沙良《さら》さん……！」

突如、聞いたことのない名を口にした。

その瞬間、澪は直感する。この人は、澪と、この別荘を使っている依頼主の娘を間違えたのだと。

「ち、違……！　は、放し……」

ただ、違うと訴えても興奮状態の男の耳には届かず、むしろ腕に力が込められる一方だった。

呼吸もままならず、澪はクラッと目眩《めまい》を覚える。

やがて体に力が入らなくなり、ぐったりと力を抜いた、そのとき。突如、澪にのしかかっていた重みが軽くなった。

解放され、激しく咳《せ》き込む澪の視界に映ったのは、男の体を床に押さえ付ける次郎の姿。

男は腕を逆手に固められ、苦しそうな悲鳴を上げた。

「な……、こ、この人……、いったい……」

「知らん。……溝口《みぞぐち》、警察に電話」

「あっ……、そ、それだ……！」

いまだにわけがわかっていない澪を他所《よそ》に、次郎は晃に指示を出し、男を拘束する腕にさらに力を込める。

男はしばらく足をバタつかせて抵抗していたけれど、やがて観念したのか、ぐったりと脱力した。

そして、澪の方に視線を向け、目を見開いた。

「……な……、なんで……、沙良さんじゃ、ない……」

「はい……？」

「沙良さんは、どこに……、沙良、さんは……」

まるでうわ言のように沙良の名を繰り返す男は、ただただ不気味だった。

怒りなのか悲しみなのかわからない表情で澪の方を見ているが、その焦点は微妙に合っていない。

「……澪、お前は二階に行ってろ」

次郎に促され、澪は声も出せずに小刻みに頷《うなず》き、リビングを離れた。

しかし、膝《ひざ》が震えて階段を上れず、途中で座り込む。

すると、電話を終えた晃が傍にきて、澪の背中を摩《さす》った。

「澪ちゃん、大丈夫？……すぐ警察が来るからね」

「う、うん……」

「……なんだか知らないけど、酷《ひど》い目に遭ったね。セレブお嬢様のストーカーかな。ってか、生身の人間が現れるなんて全然予想してなかったから、混乱したわ……」

晃が言った通り、まさか人間に襲われるなんてまったくの想定外だった。

澪はゆっくりと呼吸を整え、気持ちを落ち着かせる。

すると、間もなく、リビングに真っ赤なパトランプの光が差し込んできた。

「サイレンの音が全然聞こえないと思ったら、防音だからか……。……ってか、こんなとこで襲われたら、誰にも悲鳴が届かないじゃんね」

「……」

「あ、ごめん……、怖がらせるつもりじゃ……」

「ううん、……大丈夫」

「澪ちゃん、僕、玄関開けてくるね。……すぐ戻るから、少しだけ待ってて」

晃が玄関に向かうと、澪は抱え込んだ膝に顔を埋《うず》める。

そして、「こんなとこで襲われたら、誰にも悲鳴が届かない」という晃の言葉を、頭の中で繰り返した。

今日はたまたま澪たちが滞在していたけれど、いつもここを使っているのは、依頼主の娘ただ一人。

男が現れたのが今日でなかったら、これくらいの事件では済まなかった可能性も十分にある。

とはいえ、まだ自分でよかったと思える程おおらかにはなれないけれど、今後起こり得る危険の芽を摘めたことには、少しだけほっとしていた。

やがて、到着した警察官たちは男を先に移送すると、次郎に長々と質問を繰り返す。

別荘の持ち主との関係性や滞在していた事情、部屋がカメラだらけの理由など、あからさまに怪しんでいる質問内容に澪はハラハラしたけれど、幸い、伊原を通じて依頼主と連絡が取れ、伊原の機転のきいた入れ知恵によって「晃が運営する心霊サークルの動画制作のために貸し出した」と説明してもらったお陰で、一時間程度で解放された。

依頼主も、素性を伏せたいと言うくらいだから、可能な限り面倒ごとにしたくないのだろう。

結果、警察官は最後に澪に対して、後日被害時の状況説明に協力してほしいと言い残し、別荘を後にした。

ようやく静かになったのは、夜中の一時過ぎ。

次郎は澪をソファに座らせ、申し訳なさそうな表情を浮かべた。

「もっと早く来られなくて悪かったな」

「そんな……、十分早かったです……。むしろ、ひとりじゃなくて本当によかったなって……」

「あの男が口にしていた沙良という名を伊原に確認したら、やはり依頼主の娘のことらしい。ただ、ストーカーがいるという話は聞いていないそうだが……」

「狙われていた本人も、まだ気付いてなかったのかもしれませんしね……」

澪を床に押さえつけたときの乱暴さを思い出すと恐怖が蘇《よみがえ》り、澪はふたたび震えだした指をぎゅっと握る。

次郎はそんな澪を労《ねぎら》うように、肩にそっと触れた。

「……とりあえず、もう調査は中止だ。というか、沙良が感じたという視線の正体は、おそらくさっきの男だろう。さっさと片付けて帰るぞ」

「え……、ちょっと待……」

澪は、早速立ち上がった次郎の腕を慌てて引く。

次郎は、不思議そうに眉《まゆ》を顰《ひそ》めた。

「……どうした」

「でも、まだあの人かどうかわかんないですし……。それに、沙良さんかどうかも確認せずにいきなり部屋に押し入ってくるような極端な行動を取る人が、大人しく陰から見ていられるものでしょうか……。沙良さんの話によれば、視線が気になりはじめたのは数ヶ月前ですよね……？　そんなに長い期間、見てるだけなんて……」

「ストーカーの心理なんか知るか。たとえ違っていても、少なくとも可能性のひとつであることには間違いない。そもそもこっちは情報がまったくない状態から強引に調査してるんだ。結論としては十分だろ」

「で、でも……！」

「おい……、まさかお前、続けたいのか」

「え……？　だ、だって……」

信じられないといった表情を向けられ、澪は怯《ひる》む。

確かに、いまだ震えが残っているのに調査を続けたいだなんて、澪自身、おかしいことを言っているという自覚はあった。

すると、二人のやり取りを聞いていた晃が、笑い声を零《こぼ》す。

「最近の澪ちゃんって、感覚が完全に麻痺《まひ》しちゃってるよね。もはや普通の女の子のメンタルじゃないっていうか」

「ま、麻痺なんて……」

していないとは言いきれない自分がいた。

思い返してみれば、第六物件管理部に配属された頃は調査のたびに震えあがっていたし、調査中も、とにかく早く終わって欲しいとひたすら祈っていた。

それが、今や自ら調査の続行をと食い下がっているのだから、麻痺していると言われても仕方がない。

ただ、澪が気になっていたのは、すべてはストーカーの仕業であるという結論自体ではなく、こんな夜中に撤収を言い出した理由が自分にあることだった。

普段の次郎なら、よほどのことが起きても調査を中止するなんてまず言わない。おそらく、依頼主の情報不足だと強調しつつも、怯《おび》える澪を気遣ってくれたのだろう。

確かに、これまでに数々の恐ろしい経験をしてきたものの、生身の人間に襲われたことはなく、まったく違う種類の恐怖を覚えたことは否めない。

けれど、澪の心を支配しているのは、恐怖よりも、皆の足を引っ張りたくないという思いだった。

　マメの助けをほとんど得られなくなった今、無力さを覚える瞬間が、澪にとってはなによりも辛《つら》い。

　だからこそ、たとえ結論が変わらなくとも、自分のせいで中断するのだけは避けたかった。

「万が一のことを考えて、朝までは続けませんか……？　もし別に原因があったなら、後で苦情がくるかもしれないですし……。ただでさえ今回は特別面倒そうな依頼主だから、念の為……」

　必死に訴えかける澪に、次郎はすっかり呆《あき》れた様子で溜《た》め息をつく。

　しかし、結局は観念して首を縦に振った。

「……お前が問題ないなら、別に構わないが」

「よかった……！」

「だが、お前少し……」

「え？」

「……いや」

　意味深に止めた言葉の続きを、次郎は結局口にしなかった。やれやれといった心境を隠しもせずに立ち上がると、リビングに張った結界を確認し、すれ違いざまに澪の頭をぽんと叩《たた》いて二階へ向かう。

「……一応続けるが、異変が起きたらすぐに報告しろよ」

「はい……！」

その後ろ姿を見送りながら、澪はほっと息をついた。

すると、突然晃が傍へ来て、突如、澪のインカムをオフにする。

「ちょっ……、どうして切っちゃうの？」

「……さっきの気遣いは、素直に受け取ってもよかったんじゃない？」

「え？」

苦々しい表情を浮かべる晃に、澪は首をかしげた。

すると、晃は大袈裟《おおげさ》に肩をすくめる。

「部長さんは、純粋に澪ちゃんのことを女の子として心配してたんじゃん？　男に摑《つか》みかかられるなんて、よっぽど怖かっただろうなって。普通なら、こんなところに一分もいたくないだろうって思ったんじゃないの？」

「そ、それは、わかってるけど……。なにも、調査を中断することはないんじゃないかって……」

「いやいや、結構な大事件だよ。部長さんって調査に関してだいぶドSだしストイックだから、澪ちゃんがそう思うのは仕方がないのかもしれないけどさ、人間に襲われるのはまったく別の話でしょ。……ねえ、前から何度も言ってるけど、あまり気負わないで。少なくとも、部長さんや僕のことは置いて行かないでね……？」

「置いて行くって、私が……？　そんな、逆ならともかく……」

「ほら、全然わかってない。……ってかそろそろ怒られそうだから、戻ろっと」

晃はいたずらっぽく笑うと、インカムをオンにして澪に手を振る。

澪は晃の言葉を頭の中で繰り返しながら、しばらくぼんやりと立ち尽くしていた。

気負っていることは、正直、否定できない。むしろ、気負わなければ、ときどき不安に押し潰《つぶ》されそうになる。

マメと一緒だった頃はそんなことなかったのにと、またマメの存在に縋《すが》りそうになって、澪は首を横に振った。

マメは、必ず自分の元に連れ戻すと意気込んでいるものの、いずれ別れがくることはわかっているし、そのときには、皆に心配をかけないくらいしっかりした自分になっていなければと思っている。

――けど、晃くんに心配されてるようじゃ、全然駄目だ……。

こんな自分がどうやって二人を置いて行くというのだろうと、澪は重い溜め息をついた。

少しリラックスしようと寝袋の上に寝転んだものの、天井があまりに高すぎる上、吊《つ》り下げられた高価そうな照明がキラキラと存在を主張していて、あまり落ち着けそうにない。

とはいえ、この別荘の中はどこも浮世離れしていて、澪がほっとする風景なんて見つけられそうになかった。

澪は早々に諦《あきら》め、目を閉じる。

そして、今は無理やり続行を頼み込んだ調査中なのだからと、気配に集中した。――ものの。

どれだけ時間が経っても、霊障もなければ、物音ひとつしない。

時計を見ると、時刻は間もなく二時を回ろうとしていた。

――やっぱり、沙良さんが感じた視線はストーカーだったのかな……。

別に、その結論に違和感を持っているわけではない。

ストーカーを捕まえられたことはある意味奇跡だし、むしろ、霊の仕業だったと報告するより依頼主にとっては納得度が高いのではないかとすら思える。

だとすれば、たとえこれからなにかが起こったとしても、蛇足になる可能性もなくはない。

ふと、次郎の気遣いを受け取ってもよかったのではという、晃の言葉が頭を過《よぎ》った。

少し冷静になって改めて考えてみると、確かに少し頑固だったかもしれないと、小さな後悔が込み上げてくる。

ただ、それもすべて、今さらだった。

それに、まだ霊が出ないと決まったわけではないし、出るのならば解決するに越したことはない。

澪は、「ピアノを弾いているときや、寝ているときに視線を感じる」という、唯一得ている情報をもう一度思い浮かべた。

情報源である依頼主の娘・沙良のことをほとんど聞かされていないため、あくまで想像でしかないけれど、毎週末一人で別荘に籠《こ》もっていた理由は、ピアノの練習に集中するためだと考えられる。

それなのに、練習中に視線を感じていてはとても集中なんてできなかっただろうし、寝ているときまでとなると、さぞかし居心地が悪かったはずだ。

おまけに、視線の主がストーカーだと知ったら、沙良はさぞかしショックを受けるだろう。

澪もまた、いきなり両肩に掴みかかられた感触を思い出すと、たちまち恐怖が蘇《よみがえ》ってくる。

もし、沙良の行動を監視しながら、ガラス戸や窓が開く瞬間をずっと狙っていたのだとすれば、尋常じゃない執着心だ。

なんだか恐ろしくなって、澪は一旦《いったん》考えるのをやめた。――しかし、そのとき。ふいに、小さな違和感を覚えた。

――寝てるときは、どこから見られてたんだろう……。

この別荘はかなり特徴的なデザインで、外から見れば凹凸のない四角い箱状。二階の寝室を覗《のぞ》くための足場はないし、あったとしても、コンクリート打ちっぱなしの壁を登らなければならない。

つまり、構造的に、寝室を覗くのはかなり困難なはずだ。――あくまで、生身の人間なら。

ふいに、背筋がゾクッと冷えた。

やはり、視線の主はストーカーだけではないと、一度は消しかけた可能性が徐々に膨らみはじめる。

――次郎さんに報告しなきゃ……。

澪は慌ててインカムのマイクに手を伸ばそうとした――けれど。

体は、動かなかった。

これは金縛りだ、と。認識するやいなや照明が一気に落ち、インカムからはブツッと切断音が響く。

それを境に周囲の空気がキンと冷え、リビングはあっという間に不穏な空気に包まれた。

ついさっきまでは気になる気配ひとつなかったのに、あまりの急激な変化に澪は動揺する。

不幸中の幸いというべきか、首だけは唯一動かすことができた。

ただ、これは、疲労によって起こる金縛りとの決定的な違いでもある。つまり、霊の存在はほぼ決定的と言えた。

澪は、恐怖と焦りを無理やり抑え、ゆっくりと左右を確認する。

月明かりのお陰で視界はある程度確保できるものの、一通り見回してもそれらしい姿は確認できず、澪はひとまずほっと息をついた。

しかし、その瞬間、ソファセットのあるダイニング側から、ふいにコトンとかすかな物音が響く。

恐る恐る視線を向けると、床の上を転がる小さななにかが目に留まった。それは澪の方まで転がると、ぴたりと動きを止める。

――これって……、もしかして……。

その艶《つや》めいた丸っこいフォルムには見覚えがあった。目にするのは子供の頃以来だけれど、おそらくどんぐりで間違いない。

自然に囲まれたシチュエーションの中、普通なら、動物が持ち込んだのだろうとさほど気にも留めないだろう。

けれど、完璧《かんぺき》に防音設備を施され、隙間なんてあるはずのないこの別荘においては、いきなり転がってくるなんて明らかに不自然だった。

リビングには、植物はおろかリースもドライフラワーもない。

そう考えると、さほど珍しくもないはずのどんぐりが、なんだか不気味なものに見えた。

そして、――強烈な視線を感じたのは、その直後のこと。

背筋にゾワッと寒気が走り、心臓がドクドクと鼓動を速める。気付けば、周囲の空気は、視界が歪《ゆが》んで見える程に澱《よど》んでいた。

視線の元は、ダイニング側。澪は、恐る恐る視線を向ける。

ただ、その存在感とは裏腹に、霊らしき影はどこにも見当たらなかった。家具が少なく死角もほとんどないリビングで、それはかなり奇妙に思えた。

じりじりと心に広がる、言い知れぬ不安。

澪は息を殺し、意識を集中させる。——すると。

『こわ、い』

突如、かすかな声が響いた。

実際に響いているのか、澪だけに聞こえているのかはわからないけれど、その震える声からは、異常なまでの恐怖が伝わってくる。

——怖い……？

澪は、心の中で問いかけた。

すると、まるでそれが届いているかのように、ふたたび声が響く。

『く、……る。く……、……く、る』

はっきりと聞き取れないけれど、「怖い」「来る」と訴えているらしい。なにかから逃げ、身を潜めているような焦燥感が伝わってくる。

——なにが……、来るの……？

澪は必死に恐怖を抑え、ふたたび心の中で問いかける。

訪れた、わずかな沈黙。

その間にも、空気はどんどん澱んでいく。――そして。

『――来る』

さっきまでボソボソと囁《ささや》くように訴えかけていた声が、今度は、はっきりと響き渡った。

『――こわ、こわい、……怖い、こわ、い……、くる、こわい』

さらに、狂ったように繰り返される、「怖い」「来る」。

気配はさっきよりも近く、まるで耳の傍で大声で叫ばれているようで、澪はあまりの恐怖にたちまちパニックを起こした。

『怖い、こわいこわ、い、こ、こわ、く、くる』

――やめて……！

必死に訴えても、その叫びは呪文のように繰り返されて止まらない。

そして、そのとき。――ふいに、なにかと目が合った。

二つの目にまっすぐに捕えられた瞬間、全身の皮膚が一気に粟《あわ》立つ。

なぜなら、その視線の主が潜んでいたのは、テレビボードの下。とても人が入れるはずのないほんの数センチの隙間から、表情のない真っ白な顔が澪を見つめていた。

「っ……」

声にならない悲鳴が漏れた。

『こわい、怖い、くる、くる、くる』

それは、相変わらず同じ言葉を繰り返しながら、まるで凍えているように歯をガチガチと鳴らす。

あまりの気味悪さに、澪はしばらく呼吸をも忘れ、目を逸《そ》らすことすらできなかった。

すると、その霊は澪の方へゆっくりと腕を伸ばし、床に爪を立て、ずるずると這《は》い出てくる。

枝のような細い腕には血管が浮き、動くごとに体から土や腐りかけた草がボロボロと零《こぼ》れ落ちた。

まるで、今しがた土から出てきたかのような姿だった。

霊が動くたび、周囲にムワッとカビの臭いが漂う。

——来ないで……。

逃げ出したくとも、体は動かない。とても正気ではいられず、澪は心の中で必死に訴えかける。

けれど、その願いが届くことはなく、霊は体を引きずりながらも着実に澪に近寄り、体の上に這い上がってきた。

触れられた箇所はじっとりと濡《ぬ》れ、氷のように冷たい。

やがて、霊は澪の体に覆い被《かぶ》さると、真っ白い顔でじっと見下ろす。澪の精神はもはや限界で、ふっと意識が遠のいた——そのとき。

突如、なんの感情も映さない目から、黒く濁った涙がボトッと溢《あふ》れ落ちる。

その瞬間、不思議と心がスッと凪《な》いだ。

澪の頬を濡らす涙から、深い恐怖や孤独、そして焦燥感が伝わってくる。さらに、悔しさや憤りや絶望までもが、澪の心に一気に流れ込んできた。

——あなたは……、誰から逃げてるの……？

ここまでなにかに怯《おび》える霊に、澪は出会ったことがない。しかし、霊は問いには答えず、次々と涙を零す。

やがて、——突如鈍い音が響いたかと思うと、霊の顔の真ん中に大きな亀裂が入った。

「っ……」

顔の中心に刻まれた深い溝の間からボロボロと土が零れ、澪はふたたび込み上げる恐怖に息を呑《の》む。

やがて溝はどんどん広がり、ついに、顔の半分がまるで土人形のようにボロッと崩れ落ちた。

それは、とてもおぞましい光景だった。

ただ、なぜだか、無性に悲しくもあった。

澪の肩を掴《つか》んでいた手も朽ちた枝のように崩れ、たった今まで人の形をしていたものは、あっという間に土の塊へと化していく。

やがて、原形を失くした霊は澪の体の上でただの土の山となり、リビングはしんと静まり返った。

気付けば金縛りも解けていて、土の山にそっと触れると小さなどんぐりがコロコロと床を転がり落ちる。

目の前で起こった光景に、澪の頭はまったく追い付けていなかった。なのに、なぜだか悲しくてたまらない。

澪は呆然《ぼうぜん》と天井を見上げる。――そのとき。

「澪ちゃん……！」

リビングに響いた、晃の声。同時に、照明が点《つ》いた。

晃は土まみれの澪を見つけると、目を見開く。

「な……、どういうこと……！　大丈夫？　ってか、なにがあったの？　カメラは落ちるしドアは開かないし……！」

晃は動揺しながら、澪を覆う土を払ってゆっくりと起き上がらせた。

「晃、くん……」

晃の手から伝わる体温に、澪はひどく安心した。ただ、泣きながら崩れていった霊の姿が、今も頭にこびりついたまま離れてくれない。

「……わかんない、けど……。なんだか……」

今もたち込める土の香りが、「怖い」「来る」という霊の訴えを思い出させる。

同時に、堰《せき》を切ったように涙が溢れた。

「澪ちゃん……？　怖かったよね、遅くなってごめん……！」

「ち、違……、なにが悲しいのか、自分でもよく……」

「部長さんも辛《つら》そうで、なにが起きてるのか全然わかんないし……」

「次郎さんが……？」

晃の言葉に、澪の背筋が冷える。

確かに、いつもなら真っ先に駆けつけてくれるはずの次郎の姿はない。

咄嗟《とっさ》に立ち上がろうとすると、晃が慌てて肩を押さえつけた。

「ちょっ……、大丈夫だから！　澪ちゃんの方がやばいから！　自分の心配してよ……！」

「で、でも……」

「ほんと、似たもの同士だわ……。部長さんも息絶え絶えに早く澪ちゃんとこ行けって言うし」

「息絶え絶え……？　次郎さんが……？」

「あ、いや、今のは言葉のあやで――」

「――誰が息絶え絶えだ」

ふいに響いた次郎の声。澪が勢いよく振り返ると、次郎は澪の傍へ来て膝《ひざ》をついた。

確かに、顔色はあまりよくない。

「次郎さん……」

動揺する澪に、次郎は呆《あき》れた表情を浮かべる。

「溝口の言う通りだ。お前は自分の心配をしろ」

「だ、だって……」

「久しぶりにかなりきつい霊障に当てられたが、もう復活した。……にしても、こういうときに霊感がない奴がいると便利だな」

「うわー、皮肉」

二人のいつも通りのやりとりを聞いて、澪はようやく少し落ち着きを取り戻した。手の甲で涙を拭《ぬぐ》うと、顔にこびり付いた土がボロボロと溢れ落ちる。

「霊、本当にいたんですね……」

「詳しい話は後で聞く。……ただ、この気配は悪霊というよりは――」

「え……？」

「……いや。それも、後で話す。……とにかく、お前は先に着替えろ。風邪ひくぞ」

「あ……、はい……」

澪は頷《うなず》くと、荷物を抱えて浴室へ向かった。念のために戸にお札を張り、頭からシャワーを浴びると、土で茶色く濁ったお湯が流れていく。

思い出すのは、土にまみれた霊の姿。朽ちた体を引きずりながら動く姿はあまりに恐ろしく、思い出すと全身に震えが走った。

ただ、泣きながら土に還《かえ》っていった最後は、やはり悲しい。

――土に、還る……。

ふと、自分が思い浮かべた言葉が引っかかった。

土に埋もれた霊の姿から連想されるのは、殺されてどこかに埋められたか、または、土葬されたか。

ただ、霊から伝わってきたのは、主に恐怖。殺されたのなら、もっと強い恨みや無念が伝わってくる方が自然に思えた。

とはいえ、土葬されたのならば、きちんとした形で供養されているはずだし、それに土葬が一般的な時代となるとずいぶん古い。そんな頃から晴らされなかった恐怖を今もまだ引きずっているのなら、もっと歪《ゆが》んだ念を抱えていても不思議ではないように思える。

どちらもしっくりこず、澪はひとまず考えるのをやめた。

シャワーを終えて浴室から出ると、次郎が早速、澪をソファに呼ぶ。

「カメラを確認したが、見事に全部落ちてた。……落ち着いてからでいいから、なにを視《み》たか説明してくれ」

「もう大丈夫です。話しますね」

澪はソファに腰を下ろすと、金縛りに遭ってからの出来事を、できる限り細かく話した。

浴室で考えた予想も含めて一通り話し終えると、次郎は腕を組んで眉根《まゆね》を寄せる。

「ずいぶん昔に死んだ人間が、なにかに怯えている、か……」

「見た目はすごく怖かったんですけど、必死に助けを求めている感じがして……、なんだか、少し可哀想でした……」

「聞く限りは、依頼主や娘の沙良に恨みがあるような雰囲気ではないな。……単純に考えて、この辺りは元々霊道《れいどう》だったのかもしれない」

「霊道……？」

あまり聞き慣れない単語に、澪は首をかしげる。すると、心霊マニアの晃が目を輝かせた。

「すご！　霊道って本当にあるんだ？　いわゆる、霊の通り道でしょ？」

「霊の通り道……？」

「澪ちゃんは霊感強いくせにほんと疎いよね。浮遊霊が集まりやすい場所が存在するように、通りやすい道もあるんだって。条件はよくわかんないけど、山の中に出る霊なんかはとくに、決まった道しか通らないって話」

「へぇ……。それを霊道っていうんだ……」

晃から指摘された通り、霊道に限らず澪は心霊関係の情報にかなり疎い。

調査をするときの澪の役割は、いつも霊とのコンタクト係、つまり体を張った囮《おとり》要員である。知識を必要とする局面があまりないということも理由のひとつだが、晃のように詳しい人間といると、あまりに無知すぎることを自覚してしまう。

澪が密《ひそ》かに焦りを覚える一方、次郎は淡々と言葉を続けた。

「ただし、霊道をうろついているのはあまり目的を持たない浮遊霊に限る。ここが霊道だったかどうかは調べてみないとわからないが、もしそうだったとして、この別荘が霊道を塞《ふさ》いでしまった可能性が高い」

「塞ぐと、どうなるんですか？」

「動けず、霊道を使っていた霊たちはここに留《とど》まる。いわゆる、訳アリ物件の原因のひとつだ。……まあ、多少の浮遊霊が留まったところで、そこそこ霊感の強い人間にしか支障はないが……。今回現れた霊は、少し事情が違うらしい。なにかから逃げたいという、はっきりした意志がある」

「なのに、逃げ道を塞がれてしまったから……」

澪は、霊が必死に訴えかけてきた「怖い」「来る」という言葉の意味を理解した。ただ、そうなると、新たな疑問もある。

「ってか、なにから逃げてんだろうね？　霊が怖れるものってなんなの？　霊の中にもヒエラルキーあんの？」

　まさに、晃が口にした通りだ。

澪に訴えかけてきた霊は尋常じゃなく怯《おび》えていたし、明らかに、他に恐ろしい存在があることを匂わせている。

　しかし、次郎はしばらく考え込み、首を捻《ひね》った。

「山の中にはどんな危険な霊がいてもおかしくはないが……、大昔に埋葬された魂が慌てて逃げ出すなんてさすがに奇妙だな。……しかも、今のところ人には——、少なくとも、ここを使っていた沙良には危害を加えていない。実態に沿って推測すれば、静かに眠っていた霊が叩《たた》き起こされるような強い存在が、ここ最近になって突如出現したと考えられる」

「強い存在、ですか……」

　なぜだか、澪の脳裏に、すぐ近くにあるはずの廃寺が過《よぎ》った。

　澪の記憶の中で恐ろしい存在として真っ先に浮かぶのは、一哉失踪《しっそう》の黒幕だった僧侶《そうりょ》、仁明。

　廃寺は、その仁明が潜んで悪事を働いていた場所だ。

　仁明は、一連の事件が明るみに出た後、警察が捜索したものの結局は見つからなかった。

　もしまだ生きていて、なにか恐ろしいことを企《たくら》んでいたら、と。ひとたび考え始めると、次々とよからぬ想像が浮かんでくる。

「……澪」

「っ……」

　ふいに名を呼ばれ、澪は肩をビクッと震わせた。

　すると、次郎はやれやれと溜《た》め息をつく。

「……あまり想像を膨らませるなよ。……それに、万が一最悪な奴が関わっていたなら、お前の守護霊が黙ってないだろ」

　どうやら、頭の中を読まれてしまっていたらしい。次郎の言う『お前の守護霊』が誰を指すかは聞くまでもない。

　そして、同時に納得していた。

　もし仁明の気配があったとするなら、澪の守護霊になってくれた一哉がなんらかの反応をするだろうと。

「そう、ですね……。この辺りは、つい怖いことを思い出しちゃって。……すみません」

　澪が謝ると、次郎は肩をすくめる。

　そして、ソファの背もたれに体を預けた。

「……とりあえず、朝になったら霊道を確認して修正する」

「霊道を修正？　なにそれ！　部長さん、そんなことできんの？」

「お札を使ってここを迂回《うかい》するように霊を誘導するだけだ。……で、今度こそ調査は終わりだな。……さっさと帰るぞ。俺も、この辺りにはあまり長居したくない」

「次郎さん……」

　次郎が珍しく零《こぼ》した本音に、澪の心が痛む。そして、次郎の方がよほど辛《つら》いはずなのに自分が弱っている場合ではないと反省した。

「そうですね……、早く帰りましょう。……あ、でも警察に協力しなきゃいけないんだった……」

「……面倒だな。伊原の案件は、ことごとく面倒臭い。報酬は高いが、いつも結果的に報酬に見合う案件になる。……詐欺だな」

「ふふっ……」

　思わず笑うと、次郎も脱力したように笑い、ソファから立ち上がった。そして、少し怠《だる》そうに二階へ向かう。

「とにかく、外が明るくなったら作業を始める。澪はそれまで結界の中で少しでも寝てろ」

「はい、ありがとうございます」

　晃もその後に続いたものの、ふと振り返った。そして、少し申し訳なさそうな表情を浮かべる。

「澪ちゃんが気負いすぎてるっていう認識は変わらないけど……、結果的に、調査を続けてよかったよね」

「晃くん……」

「ま、依頼主には、全部ストーカーの仕業だったって報告した方が面倒なことにならなくていいかもしれないけど」

「それは、そうかも……。沙良さんはともかく、依頼主の方は心霊現象に懐疑的だって話だし……」

「とはいえ、今回も第六のエースの実力を見せ付けられちゃったわ」

「エース……？」

「うん。圧倒的エース」

首をかしげると、晃がニヤニヤと笑う。

揶揄《やゆ》されているのだと察し、澪はわざとらしく睨《にら》んだ。

「もう、すぐそうやってからかう……！」

「いやいや、からかってるわけじゃないよ。こういう口調じゃなきゃ、なかなか言い辛いじゃん」

「……もういいって。……晃くんも戻りなよ。寝てないでしょ？」

「はいはい。……ただ、忘れないでね。さっきの冗談じゃないから」

晃はいたずらっぽく笑い、二階へと上がっていく。澪はやれやれと溜め息をつき、結界の中へと寝袋を動かした。

本音を言えば、晃の気遣いにはとても救われていた。

マメが現れてくれなくなってからというもの、焦りや無力感を拭《ぬぐ》い去れない澪の心境を、晃はいつも敏感に察知してくれている。

そして、晃は変わった。

最初から優しいことには変わりないけれど、出会った頃はどこか投げやりで、今思えば、心の中にある冷めた部分が隠しきれていなかったように思う。

どんな会話をしていても、澪は心のどこかでつい本音を探ってしまっていた。

象徴的なのは、ウェズリーガーデンホテルの調査をしたときに口にした、「生きてることにたいした執着がない」という言葉。

その、悲しいくらい厭世《えんせい》的な言葉を、澪は今でもときどき思い出す。

ただ、まさにあの日を境に、晃の雰囲気は少し変わった。

たいして付き合いが長いわけでもなく、わかったようなことを言う気はないけれど、本来の晃はこうなのではないかと、――誰にでも優しくてポジティブな今の姿こそが素なのではないかと、最近そう感じている。

――まあ、どの道変わり者だけど。

澪は心の中でひと言付け加え、寝袋に潜り込んだ。

起きたのは、五時過ぎ。

二時間程しか寝ていないというのに、奇妙なくらいにスッと覚醒《かくせい》した。

不自然な目覚めに、澪はほんのかすかな胸騒ぎを覚える。

しかし、体を起こしてリビングを見回してみても、怪しい気配はない。澪は、念のためお札を一枚ポケットに突っ込み、立ち上がって窓の外を眺めた。――そのとき。

――マメ……？

なぜそう思ったのかは、よくわからない。

ただ、外から一瞬伝わってきた気配が、マメと似ている気がした。

こんなところにいるはずがないのにと、澪は首を横に振る。けれど、心のざわめきは、どうしても止まらなかった。

澪は玄関に靴を取りに行くと、衝動に突き動かされるように、リビングの戸から庭に出た。

九月とはいえ、朝の高原の空気はキンと冷え、みるみる体温が奪われていく。けれど、そのときの澪はただただ夢中で、寒さに構っている余裕はなかった。

「マメ……？」

名前を呼ぶと、心がぎゅっと震える。

しかし、返事はない。

マメに隠れる理由なんてないし、もし姿を現しているのなら、呼べば答えてくれるだろう。

やはり、勘違いなのだ、と。心の中ではとっくに結論が出ているのに、なかなか戻る気になれなかった。――そのとき。

「澪」

名を呼ばれると同時に、頭からバサッとなにかが被《かぶ》せられる。慌てて手に取ると、それはリビングに置きっぱなしにしていた澪のパーカーだった。

振り返ると、立っていたのは呆《あき》れた表情を浮かべた次郎。

「じ、次郎さん……」

「あんな目に遭っておいて、まだ暗いうちからよく外に出る気になるな」

「え……？　あ……」

「図太いのはなによりだが、無用心だぞ」

「す、すみません……」

澪は、自分が物音を立てたせいで起こしてしまったのだろうかと、申し訳なく思った。

——しかし。

「……気配があるな」

次郎の呟《つぶや》きに、ドクンと心臓が跳ねる。

そして、庭を歩きながら気配を辿《たど》る次郎の後ろ姿を見ながら、勘違いではなかったのだと確信を持った。

「やっぱり……、次郎さんも感じますか……？」

「……ああ」

「マメ、ですよね……？」

マメの名を口にすると、声が震えた。

次郎はふいに立ち止まり、澪をまっすぐに見つめる。

気配があるのに姿を見せないことは不自然だ、と。心の中で渦巻いている澪の不安を、おそらく見透かしているのだろう。

数秒足らずの沈黙が、やけに長く感じられた。やがて、次郎は少し困ったように息をつき、視線で庭の外を指す。

「……追うか？」

「え……？」

「気になるんだろう」

「いいんですか……？」

まさかそんな提案をもらえるとは思わず、澪は戸惑いながらも、何度も首を縦に振った。

次郎は頷《うなず》き、ポケットから小型の懐中電灯を取り出す。

「お札は？」

「持ってます……！」

「よし。……それ、ちゃんと着てろ」

澪は握りしめていたパーカーを慌てて羽織り、大きく頷いた。

次郎は別荘の敷地を抜けてひとまず道路に出ると、気配を探るように周囲を確認し、ゆっくりと足を踏み出す。

澪は次郎の後に続き、無言のまましばらく歩いた。

やがて、少しずつ空が白みはじめる。朝靄《あさもや》がかかった高原の風景は、なんだか現実離れして見えた。

道路は一応整備されているし、周囲にいくつか別荘があるはずだが、人の気配はまったくない。

ただ、そのお陰で、ほんのかすかなマメの気配がより目立って感じられた。

マメに会えるかもしれないという期待が、どんどん膨らんでいく。

しかし、ふいに次郎は足を止めた。

「次郎さん……？」

次郎が見つめていたのは、森の中を突っ切るように延びた脇道への入り口。車一台がギリギリ通れる程度の幅はあるものの、轍《てつ》は古く、日常的に使われているような形跡はない。左右には鬱蒼《うっそう》と草が蔓延《はびこ》り、いっそ獣道と表現しても過言ではなかった。――けれど。

その風景を見た瞬間、澪は強い既視感を覚える。

「あれ……？　ここ、って……」

頭が答えを導き出すよりも早く、手のひらが嫌な汗でじっとりと濡《ぬ》れた。鼓動もドクドクと速まり、呼吸が浅くなる。

この道の先にあるのは、――忘れもしない、廃寺。

「……なにやってるんだろうな、あいつは」

静まり返った森に響き渡る次郎の呟きは、この先にマメの気配があることを意味していた。

澪は、動揺を抑えることができなかった。

衝動に任せて足を踏み出すと、途端に次郎から強く腕を摑《つか》まれる。その瞬間、澪はハッと我に返った。

「行かないんですか……？　どうして……？」

「落ち着け」

「落ち着けません……！　だってマメが……」

「行かないとは言ってない。だが、その前にひとつ約束しろ。……今はあまりに準備不足だ。だから、深追いはしない」

「…………」

「確認するのは、マメの気配が廃寺にあるかどうかだけだ。……いいな？」

本音を言えば、納得なんてしたくなかった。今すぐにでもマメを見付けて、連れ戻したかった。

ただ、それが根本的な解決にならないことには、澪も薄々気付いている。

マメの単独行動には、なんらかの目的があるのだ、と。

「……わかりました」

「そんなに不満げな顔をするな……。出現場所がわかるだけでも、捜索はかなり前進だろ」

「そうです、けど……」

「……心配しなくても、マメは絶対に連れ戻す」

まるで子供をあやすかのようにぽんと頭を撫《な》でられ、澪は渋々頷く。

ただ、絶対に連れ戻すという次郎の言葉のお陰か、動揺はわずかに落ち着いていた。

澪たちは、改めて脇道を奥に向けて進む。

歩けば歩く程、既視感は強くなり、しばらくすると、道幅がわずかに拓《ひら》けた。

そこは忘れもしない、以前廃寺を訪れたときに次郎が車を停めた場所だ。確信を持った理由は、そこから山に向かってさらに延びる細い道が目に入ったこと。そして、真正面にそびえ立つ、富士《ふじ》山。

その風景は、澪の記憶と完璧《かんぺき》に一致していた。たちまち、機材を抱えて山道を往復した記憶が過《よぎ》る。

「また、来ちゃいましたね」

呟くと、次郎は黙って頷いた。

澪たちは顔を見合わせ、さらに山道を進む。この道を十分程登れば山門が現れるはずだと、歩くごとに記憶が鮮明になった。

澪はふと思い立ち、携帯を取り出すと、晃にすぐ戻るとメッセージを送る。

おそらくまだ寝ているのだろう。いつもならすぐに返事が来るけれど、しばらく待っても反応はなく、澪は携帯をポケットに突っ込み廃寺へと向かった。

やがて、記憶通りの山門が目に入る。

ただ、最初に訪れたときとは印象がまったく違って見えた。

それは無理もなく、ここを探し当てた当時の澪たちは、ついに一哉失踪《しっそう》の手がかりを得られるかもしれないと、大きな期待を抱えていた。

しかし、一哉の死を知ってしまった今、ここは辛《つら》い場所でしかない。

次郎も同じ気持ちなのか、逆に不自然なくらいひと言も口にせず、山門を潜った。

正面に現れたのは、いつ倒壊してもおかしくないくらいに傷んだ本堂。次郎は本堂の前まで歩くと、ふと立ち止まる。

「……やや近付いたな」

「マメの気配ですか……？」

「ああ。……もう少し奥か」

次郎は、澪よりもはっきりと気配を感じ取っているようだった。

澪には方角までは判断できず、黙って次郎の後に続く。

すると、次郎は本堂の右側をすり抜けて裏に回り、ふたたび立ち止まって周囲を見渡した。

前に来たときは、調査の目的が玲《れ》奈《な》のサイコメトリングだったこともあり、主に本堂に残されたものを中心に調査を進めたけれど、改めて本堂の裏側を観察してみれば、不自然に途切れた飛び石や涸《か》れた池の痕跡《こんせき》が残っていて、かつてはなんらかの建物があったことを感じさせる。

もはや森と同化しているが敷地も広く、廃寺になる前は——それこそ仁明に利用されるずっと前は、かなり立派な寺だったのだろうと澪は想像した。

さらに裏へ向かって敷地を進むと、やがて、森の奥へ向かって延びる道の存在に気付く。

道といっても、木々が左右に分かれていることでようやく判断できる程度の獣道。鬱蒼とした草に覆われ、長年使われた形跡はなかった。

この奥にもなにかがあるのだろうかと、澪は朝日すら届かない道の奥へと視線を向ける。

次郎もまた、ずいぶん長い時間、澪と同じ方向を見つめていた。——そして。

「マメの気配はこの奥だ」

「え……？」

そうはっきりと言いきった瞬間、澪は驚き目を見開く。

前に来たときはこれより奥に行っていないし、次郎の言う通りだとすれば、マメの目的がなおさらわからない。

ただ、次郎の表情からは、迷いも曖昧《あいまい》さも感じ取れなかった。

「どうして、森の奥なんかに……」

「わからないが、この道に気配が残っているのは確かだ。……ただ……」

意味深に途切れた語尾に、ふと嫌な予感が過る。

しかし、次郎はその続きを口にしないまま、森の奥へ向かって足を踏み出した。澪は言い知れない不安を抱えたまま、その後に続く。——そのとき。

澪の目線のずっと先に、小さな影がふわりと揺れた。

「次郎、さん……」

ドクンと、心臓が大きく鼓動する。

それは、霧と見分けがつかないくらいに薄《う》っすらした輪郭だったけれど、ずっと求め続けてきたその存在を、澪が空目するはずがなかった。

次郎は、澪が見つめる方向に視線を合わせ、大きく瞳《ひとみ》を揺らす。

「……マメ、ですよね……」

今にも駆け寄りたい衝動に駆られたけれど、次郎は澪を制し、口の前に人差し指を立てた。

澪はハッと我に返り、慌てて頷《うなず》く。

目的がわからない今は、マメの行動を観察する必要がある。もし澪たちに知られたくないような内容ならば、見つかるわけにはいかない。

澪たちは草の陰に座り込んで身を潜め、小さな体でちょこちょこと駆けるマメの様子を眺めた。

ただ、しばらく見ていても、なにをしているのかはまったくわからない。しきりに鼻を動かしながら、右に左にと落ち着きなく動き回っている。

「マメは、ここでなにしてるんでしょう……」

小さな声で呟《つぶや》くと、次郎も首をかしげた。

「……見当もつかない」

「立ち入ったことのない場所なのに……」

謎は深まるばかりだった。見ていることしかできないこの状況に、もどかしい思いが膨らんでいく。

澪は、これまでに何度もマメに救われてきた。マメがいなければ乗り越えられなかったことが、数えきれない程ある。

だから、もしなにか困っていることがあるのなら、伝えてくれさえすればなんだって協力するのにと、そう思わずにいられなかった。

無性に寂しさを覚え、澪は小さく息をつく。——そのとき。

突如、ポケットに入れていた携帯から、メッセージの受信を知らせる通知音が鳴り響いた。

顔から一気に血の気が引き、澪は慌てて携帯を取り出し音を止める。しかし、手遅れだと気付いたのは、マメと目が合った瞬間だった。

身動きの取れない澪の横で、次郎が頭を抱える。

そして、もはや隠れても無駄だと判断したのか、澪の腕を引いて立ち上がらせ、マメに手を差し出した。

「マメ、ここでなにしてる。こっちに来い」

マメは戸惑いを隠すことなく、大きな目をうるうると揺らす。

久しぶりにその愛しい表情を見て、胸に込み上げるものがあった。

「マメ……、ずっと捜してたんだよ……？　おいで……？」

澪はもう感情を抑えることができず、マメに向かって足を踏み出す。——しかし。

『ウゥ……』

マメは、澪たちを威嚇し、唸《うな》り声を上げた。

明らかに敵意を剥《む》き出しにしたその表情に、澪の足が、ぴたりと止まる。

それは澪にとって、あまりに信じがたい光景だった。

「マメ……」

『ワン！』

一度も向けられたことのない険しい表情に、心が酷《ひど》く痛む。たちまち目の奥が熱くなり、勢いよく涙が零れた。

しかし、マメは表情ひとつ変えず、澪たちが立ち去らないことを察したのか、くるりと向きを変える。

「待っ……！」

逃げられてしまうと慌てて駆け出したものの、次郎に腕を掴《つか》まれた。

「澪、落ち着け」

「どうして止めるんですか……！」

もはや平常心を失っていた澪は、次郎の手を振りほどこうと思いきり腕を振った。しかし、がっちりと掴まれた手はビクともしない。さらに、次郎はもう片方の手で澪の頭に触れると、強引にマメの方へ向かせた。

「いいから、よく見ろ」

「なに、を……」

混乱の最中、澪は次郎が指す方へ視線を向ける。視界に映るのは、走り去っていくマメの姿。

ただ、その口元には、――見覚えのあるなにかが咥《くわ》えられていた。

「あれ、って……、まさか……」

薄暗い森の中でひときわ目を引く、赤い着物。そして、艶《つや》を放つ黒髪。それは、澪たちが廃寺から連れ帰ったはずの市松人形に間違いなかった。

「……事情は思ったより複雑らしいな」

「追いましょう……」

「駄目だ」

「どうして……！」

止める理由が理解できず、つい声が大きくなった。けれど、次郎は澪の腕を掴んだまま、放してくれない。そして。

「お前、……気付かないか？」

突如投げかけられた問い。

澪が首をかしげると、次郎は意味深な表情を浮かべ、マメが消えて行った方向に視線を向けた。

「……まずい気配があるだろ」

「え……？」

「我を失いすぎだ。……お前がそんな調子なら、どの道調査は続けられない」

「そんな……！」

感情のままに反論しかけたものの、次郎の冷静な目に射貫《いぬ》かれた瞬間、澪はなにも言えなくなった。

同時に、森の奥から漂ってくる不穏な気配の存在に気付く。

「これって……」

周囲の空気は、朝とは思えないくらいにじっとりと澱《よど》んでいた。ひとたび冷静になれば、どうして気付かずにいられたのだろうと思う程に重々しい。

明らかに、このすぐ近くに危険ななにかが存在している。

「……気付くのが遅すぎる。お前みたいに霊障に敏感な奴が安易に近寄れば、どうなっても不思議じゃない」

「だけど、それならマメだって危ないんじゃ……！」

「あの様子なら、マメはこの気配の主を認識してる。あいつは賢いし、そもそも動物は感覚が鋭いからそう簡単に捕まったりしない。……むしろ、こっちに向かって唸ったのはおそらく、危ないから来るなという警告だ。マメがここでなにをしようとしてるのかは知らないが、お前を巻き込みたくないんだろ」

　確かに、そう考えると納得がいった。守ろうとしてくれたのだと思うと、唸られたショックがわずかに和らぐ。

　ただ、澪は、そんなことを望んでいるわけではなかった。

　マメの力になりたい、と。願いはただそれだけだった。

　しかし、次郎が指摘した通り、これだけ不穏な気配が漂う中なんの準備もなく追ってしまえば、逆にマメの負担になりかねない。

　澪は身が引き裂かれるような思いでその場に踏み止《とど》まり、次々と零れる涙を袖《そで》で拭《ぬぐ》った。

　次郎は腕を摑む力を緩め、ほっと息をつく。

「そんなに気を落とすな。準備をして、改めて来ればいいだろ」

「……はい……」

「戻るぞ。長居は危ない」

澪は次郎に促され、重い足を踏み出す。

森に背を向けた途端、背後から、まるで体が押し出される程の強い圧を感じ、澪は今さら恐怖を覚えた。

もし一人だったなら間違いなく森の奥へ進むのを強行していただろうと、前を歩く次郎の後ろ姿を見ながら澪は思う。

そして、まさにこういうところだと、自分の未熟さを痛感した。

「……次郎さん、すみませんでした」

謝ると、次郎は振り返り溜《た》め息を零《こぼ》す。

「本当に、勘弁してくれ」

責められているのに、その口調は穏やかだった。

また涙が零れそうになって慌てて下唇を嚙《か》むと、次郎はやれやれといった様子で澪の頭にフードを被《かぶ》せる。強がりたい澪の気持ちを察し、泣き顔が見えない振りをしてくれているのだろう。

そして、なにごともなかったように、ふたたび歩きはじめた。

「……別荘に出た霊が怯《おび》えていた相手は、おそらくさっきの気配だな」

「……はい」

「さしずめ、この森の奥にでも埋葬されていたんだろう。……迷惑なことだな。いきなり呼び覚まされて」

ぼやきながら歩く次郎の歩調が、いつもより遅い。

さりげなくもたくさんの気遣いを感じて、澪の涙腺《るいせん》は緩む一方だった。

その後、別荘の霊道は次郎によって修正され、いろいろなことがあったものの、依頼された調査自体は無事終了となった。

結局、依頼主には霊のことを伝えなかったらしい。

おそらくもう霊が出ることはないのだから、ストーカーの仕業にしておいた方が納得度が高いだろうと、調査中に話していた澪や晃の意見が採用された結果だった。

伊原によれば、依頼主はむしろストーカーを捕まえるという快挙に上機嫌だったとのことで、元々高額だった報酬はさらに上乗せされ、結果、過去に例のない割のいい案件となった。

しかし、今の澪に喜んでいる余裕はなかった。

心の中を占めているのは、もちろんマメのこと。

ただ、次郎に諭されたお陰か、今にも暴走してしまいそうな危うい焦りはなんとか抑えられていた。

それに、あくまで業務時間外だけれど、次郎は改めて廃寺に行くことを約束してくれている。

澪にできることは、その日までにできる限りの準備をすること。

――絶対に、迎えに行くからね……。

澪はいつもマメと一緒だった懐かしい日々を思いながら、そう心に誓った。

第二章

ある土曜、澪が向かったのは、品川《しながわ》の「国際芸術ミュージアム」。

目的は、別棟の地下倉庫に預けている市松人形の所在を確認するため。というのも、先日行った別荘の調査のときに廃寺の裏で見かけたマメは、市松人形を咥えていたように見えた。しかし、どんなに考えても理由がわからず、ひとまず見間違いでないことを確かめようと考えてのことだった。

「ねえ澪ちゃん……。なんか出そうなときはすぐ言ってね……？　心の準備が必要だから」

「大丈夫ですよ、倉庫の中にいるのは可愛い子供の霊たちですから」

「あのさ、君にとって生きてるかどうかはもはや無関係なの？」

同行を頼んだのは、伊原。伊原は以前、国際芸術ミュージアムからの依頼を仲介したこともあり、関係者に顔がきく。

実際、普通にアポイントを取るよりもずっとスムーズに、倉庫に通してもらうことができた。

伊原はいかにも嫌そうに倉庫を開錠し、戸を開けると澪を中へ促す。

「澪ちゃんが先に行ってよ……」

「伊原さんは、ここで待っててくれていいですよ」

「一人で待つのも怖いでしょうが」

「なんだかすみません……。休日に付き合わせた上に、怖い思いをさせてしまって」

ここまで怯えられると、さすがに不憫《ふびん》だった。

澪が謝ると、伊原は眉《まゆ》を顰《ひそ》める。

「いや、もういいって。君、さっきから五回は謝ってるよ」

「六回です……」

「なんかむかつくわ」

伊原がいつもの調子に戻り、澪は思わず笑った。

伊原と一緒だと、澪は不思議と余計な気を張らずにいられる。次郎や晃と調査を進めているときは、役に立ちたい、足を引っ張りたくないという気持ちがついつい前に出てしまうけれど、第六の社員でない伊原にはその必要がないからだろう。

そして、おそらく伊原もまた、澪にあえてそういう空気を作ってくれている。

それを強く感じたのは、ゴールデンウィークに行った、みずなぎ荘の調査のときだった。

自分の役目を気負い、焦りと不安でいっぱいだった澪の心は、いつも飄々《ひょうひょう》としている伊原と話すことによって楽になれた。

伊原が元来持つ兄気質によるものか、顧客を摑《つか》むために培った話術なのかはわからないが、最近は、妙な居心地のよさすら感じてしまう。

「伊原さんって、霊感が強いのに怖がりですよね。……なんだか、第六に配属された頃の自分を思い出します」

「嘘でしょ。澪ちゃんも怖がりだったの？」

「今も怖がりですよ。あまり態度に出てないなら、少しは慣れたのかも……。基本的には、伊原さんと同じです」

「いやいや、一緒にしてもらっちゃ困る。俺は凡人、君は異常者」

「……じゃ、入りますね」

「ちょっ……」

慌てる伊原を他所《よそ》に、澪は倉庫へ足を踏み入れた。

すると、早速浮遊霊たちのかすかな気配を覚える。

「ごめんね。お邪魔します……」

澪はあまり驚かせないようにと、棚の間をゆっくりと進んだ。

奥の壁際に見えるのは、大きなからくり時計。壊れて動かなくなっていたこの時計を、ここに彷徨《さまよ》う子供たちのために修理してもらったことは、まだ記憶に新しい。

そのお陰か、久しぶりに訪れた倉庫の空気は、ずいぶん穏やかになっていた。――しかし。

「やっぱり、いない……」

市松人形を置いていたはずの棚には、ぽかんと隙間が空いていた。

やはり、廃寺の裏で見たのは市松人形だったのだと、澪は確信を持つ。

「いないって……、もしかして、あの気味の悪い市松人形のこと……？　あの子、一人で出歩いたりすんの？」

「いえ、一人ではないんですけど……、多分、マメと」

「……へぇ」

伊原はどうやら、理解を諦《あきら》めたらしい。

うんざりした表情で、雑に頭を掻《か》いた。

「あの市松人形って、中に女の子が憑《つ》いてるんだっけ？……マメと一緒なら、遊んでんじゃないの？」

「いえ、そんな楽しげな雰囲気じゃなくて……。わざわざ山梨の廃寺まで移動してましたし、切羽詰まってるような感じで……」

「山梨の廃寺ねぇ。……ってか、市松人形ってそもそもそこから持って帰ってきたんでしょ？　じゃあ、里帰りしてるとか？」

「廃寺にいたっていっても、供養のために持ち込まれたものみたいですし、廃寺自体にはあまりいい思い出がないはずなんです」

「そうなのか……。ってかさ、中に入ってる子って誰なんだろうね」

伊原の言葉で、澪はふと考え込む。改めて考えてみれば、市松人形に憑いている少女のことを澪はほとんど知らない。

　というより、市松人形に憑いた少女から伝えられるイメージは、すべて仁明に関することか、廃寺での恐ろしい出来事のみ。生きていた頃の記憶は、一度も見せてもらったことがなかった。

「誰なんだろう……」

　ひとたび考えはじめると、疑問が次々と湧き上がってくる。

　素性も謎だが、それ以外にも、玲奈の実家で供養してもらったときに住職が話していた、「少女が市松人形から離れたがらない」という言葉も忘れられない。

　当時は、そのうち浮かばれるのだろうと軽く考えていたけれど、少女は今も市松人形の中にいる。

　改めて考えてみると、こうして留《とど》まり続ける理由が、澪にはなにも思い当たらなかった。

　そして、そんな少女は今、どうやらマメと目的を共有している。

　考える程に謎は深まるばかりで、澪は頭を抱えた。

「ちょっと澪ちゃん……？　まさか憑かれた……？」

「……違います。なんだか、わかんないことだらけで。……ただ、マメと市松人形の少女が一緒に行動してることは確定したので、少し前進です。伊原さん、ありがとうございます」

「いや……、全然いいよこれくらい。俺なんて所詮《しょせん》第六ありきだから、なんだってするさ。……にしても、しおらしいね。もしかして、結構思い詰めてる？」

「別に、そういうわけじゃ……、ないこともない、こともないっていうか」

「どっち」

つい本音が出てしまうのは、やはり伊原だからだろう。

澪は笑いながら、首を横に振った。

「まだ大丈夫です。……でも、もしいっぱいいっぱいになったら、いつもの不謹慎な発言でガス抜きしてください」

「すごい感じ悪い頼み方すんね」

「伊原さんが相手だと、つい」

伊原は大袈裟《おおげさ》に肩をすくめる。

澪は倉庫を後にしながら、そんな伊原に感謝していた。


国際芸術ミュージアムの帰り、妹と約束があるという伊原に駅まで送ってもらい、澪が向かったのは、世田谷《せたがや》の住宅街にある神上《じんじょう》寺。玲奈の実家であり、廃寺から連れ帰った市松人形の供養をしてもらった場所だ。

寄ってみようと思ったのは、なかば思いつきだった。

神上寺の住職は、市松人形の少女と関わった数少ない人間の一人。もしかすると、その素性に関してなにかヒントを得られるのではないかと、澪はわずかに期待を寄せていた。

携帯の地図を頼りに住宅街を歩いていると、間もなく山門が目に入り、澪はふと懐かしさを覚える。

思えば、以前ここを訪れた頃、優秀な玲奈の登場によって澪は強いコンプレックスを持っていた。

あの日、住職が言ってくれた「道筋は目指す人の数だけあり、先に達成した者が必ずしも優れているとは言いきれない」という言葉を、澪は今も印象的に覚えている。

あの頃はその言葉に縋《すが》ることしかできなかったけれど、いろいろ経験した今は、その意味をもう少し深いところまで理解できるようになった。

現に、焦りは今も変わらずあるものの、卑屈になることは減った。

遠回りかもしれないが、おそらくこれが自分のペースなのだろうと受け入れる気持ちもある。

澪は様々な記憶を思い浮かべながら、山門を抜け、両脇に牡丹《ぼたん》の木が植えられた参道を歩いた。

すると、そのとき。

「やあ、いらっしゃい」

ふいに背後から声をかけられ、澪はビクッと肩を震わせた。

慌てて振り返ると、にこにこと笑う住職と目が合う。

「あっ……、え、えっと、お邪魔してます……！」

「こんにちは。……おや、少し雰囲気が変わったね」

「え？　あの、私のこと覚えてくださってたんですか……？」

たった一度来ただけなのにと、澪は驚きを隠せなかった。住職は、さも当たり前のように頷《うなず》く。

「ええ、もちろん。……あなたが纏《まと》う空気は、少し特別ですし」

「纏う空気……？」

そういえば、この住職もとても不思議な人だったと、澪は初対面のときのことを鮮明に思い出した。

とくに不思議だったのは、住職からほんの少し触れられた瞬間、澪が抱えていた不安も葛藤《かっとう》もすべて見透かされてしまったこと。

住職は穏やかな笑みを浮かべ、澪を本堂へ促した。

「さあ、中で話を聞きましょうか」

「え……？　あの、もしかして私の心の中、読まれちゃいました……？」

「いいえ、まだ。そんな面倒なことをせずとも、顔に全部出ているからね。……相談があるんでしょう？」

「えっと……、はい……」

やはり、不思議な人だ、と。

澪は、住職の後に続きながら、いったいどこまでばれてしまうのだろうと不安を覚えた。

ただ、知りたいことが多すぎて混沌《こんとん》としている今は、その不思議な力が心強くもあった。

「――そういえば、今は次郎くんと一緒に吉原《よしはら》不動産の子会社で働いているんでしょう？」

お茶を出してくれながら、住職が最初に口にしたのは、他愛のない話だった。

おそらく、緊張で強張《こわば》る澪を気遣ってのことだろう。現に、次郎の名を聞いた瞬間、不思議と気持ちがほぐれた。

「ご存じだったんですね」

「ええ。次郎くんとは付き合いが長いからね。家も近いし、ときどきここへ来て近況を話してくれるんですよ」

「次郎さんが近況を……？」

「新垣《しんがき》さんのことも、ときどき。……霊感は桁違《けたちが》いに強いけれど、いかんせん危なっかしいと」

「……危なっかしいのは、確かです」

評価が大体想像通りで、澪はがっくりと項垂《うなだ》れる。ただ、内容はともかく、自分のことが話題に出ていたことは少し意外だった。

　すると、住職は優しく目を細める。

「だけど、ずいぶん大切にされているんだなと感じましたよ」

「それは……、それこそ危なっかしすぎて、過保護にならざるを得ないっていうことだと……」

「同じことでは。……ご不満ですか？」

「そういうわけじゃないです。ただ、本音を言えば、もっと頼ってもらえるようになりたいというか……、支えになりたいんです。……まだまだ、全然駄目で」

　ふと気付けば、澪は、まるで言葉を誘い出されるかのように心の中を打ち明けてしまっていた。

　どうせ住職にはすべてを見透かされてしまうという思いがあるからか、普段通りの制御が利かない。

　すると、住職はわずかに視線を落とした。

「支え、ですか。……一哉くんのことは、本当に可哀想だったね」

　やはりお見通しだと、澪は思う。

　黙って頷くと、住職は過去に思いを馳《は》せるように外の景色を見つめた。

「一哉くんも、ときどきここへ来てくれていたんですよ。性格は真逆でしたが、仲の良い兄弟でした。次郎くんの喪失感は、とても計り知れない」

　ふいに、心がぎゅっと震える。ただ、そのとき澪の頭に浮かんでいたのは、みずなぎ荘で次郎と交わした会話だった。

「だけど……、次郎さんの時間は止まってないって言っていたから、きっと大丈夫だって思ってます」

「……時間は止まってない、ですか」

「はい。それって、ちゃんと前に進めてるってことですよね……？」

　住職は、少し驚いていた。

　やがて、穏やかな表情を浮かべ、ゆっくりと頷く。

「……いい表現ですね。おそらく、次郎くんに関わる皆さんの支えが大きいのでしょう。……もちろん、新垣さんもその一人ですよ」

「私は、そんな……」

「もう少し、自分を評価してあげてください。あなたはきっと、自分で思うよりも周囲から必要とされています」

　なんだか、涙が出そうだった。

　言葉通りに受け取れる程前向きにはなれないけれど、気持ちがふわっと軽くなっていく。

「……そうだと、いいですけど」

「ええ。ただ、あなたもまた、上手《うま》く頼ることを覚えないといけませんね。どうやら、一人で抱え込む癖があるようだから。今日もまた、思い詰めているようですし。少なくとも、たった一人で私を訪ねようと思うくらいには」

「それは……」

次々と心の中を明かされ、澪は困惑する。

すると、住職はチラリと時計に目をやり、突如、新しい湯呑《ゆの》みにお茶を注いだ。

「さて……、では本題を伺いましょうか。……そろそろ着く頃ですし」

「着く……？　あの、誰が……」

「このお茶を出す相手がね」

澪が首をかしげると、住職は意味深に笑う。その瞬間、背後の障子がスッと開いた。

振り返った澪は、言葉を失う。

「……得意の単独行動か」

立っていたのは、次郎。

いかにも不機嫌そうな表情を浮かべ、勝手知ったる様子で本堂に入ると澪の横に腰を下ろした。

「じ、次郎さん……？」

「すみません、私が連絡しました。お茶を取りに下がったときに」

住職があっさりと白状し、澪は混乱しながらも、住職がなかなか本題に入らずずいぶんゆっくりと会話に付き合ってくれた理由を察する。

　住職は、次郎の到着を待っていたのだと。

「ど、どうして……」

「檀家《だんか》さんから新茶を戴《いただ》いたので、どうかなと」

「………」

　茶所狭山で育った澪は、今が新茶の季節でないことをもちろん知っている。わかりやすく誤魔化す住職に人が悪いと思う一方、突然一人でやってきた澪を心配してくれたのだと思うと、申し訳なくも、ありがたくもあった。

　もちろん、あっという間に駆けつけてくれた次郎に対しても。

「で？……なにを調べてる。俺に相談もなく」

「す、すみません……、今日は思い付きで動いちゃったというか……。もちろん後で報告はするつもりで……」

「もういいから話せ。なにか気になることがあるんだろう」

「は、はい……。えっと、市松人形に憑《つ》いてる少女のことで……。実はさっき、国際芸術ミュージアムにも行ったんですが……」

　恐る恐るもうひとつの単独行動を報告すると、次郎は大袈裟《おおげさ》に溜《た》め息をつく。けれど、すぐに真剣な表情を浮かべた。

「それで……、市松人形は？」

「やっぱり、ありませんでした。それで、ふと思ったんです。市松人形に憑いてる少女はいったい誰なんだろうって……。もしかして、生前に廃寺と関係があったのかもって考え始めたら、気になって。……それで、あの子を供養してくれたご住職なら、なにかわかるんじゃないかと……」

「なるほど。……言われてみれば、確かに俺らはあの少女の素性についてなにも知らないな」

　次郎は頷《うなず》くと、住職に視線を向ける。

　すると、住職はゆっくりとお茶をひと口飲み、記憶を辿《たど》るように遠い目をした。

「……そういえば、あれは少し奇妙な霊でしたね」

「奇妙っていうのは、どういう……」

「人の魂としては、少し足りないというか」

「足りない……？」

　魂が足りないという表現自体、澪にとってはかなり奇妙だった。次郎すらもあまり聞き慣れないのか、眉根《まゆね》を寄せる。

　すると、住職は困ったような笑みを浮かべた。

「言葉通りです。……上手い表現が思い付きませんが、なんとなく不完全さを感じました。もしかすると、あれは魂のほんのカケラであり、本体が他に存在するのではないかと」

「つまり……、誰かの魂の一部だけが市松人形に宿ってたってことですか……？」

「ええ、まさに。……現に、あの少女の感情はとても偏っていました。生前の誰かを懐かしむでもなく、魂となってからの恐怖だけに囚《とら》われていましたし」

それは、この世に留《とど》まっていながらも、少女から生前の記憶が伝わってきたことが一度もないという、澪がついさっき抱えた違和感と同じだった。

カケラという表現は言い得て妙で、ふいに心がざわめく。

「そんなこと、あり得るんですか……？」

「どうでしょうね。少なくとも私には経験がありません。とはいえ、死後についても魂についても、我々はまだまだ知らないことばかりですから、絶対にないとは言いきれません。ただ……、万が一、魂が分裂したのだとするなら、極めて類稀《たぐいまれ》な現象だとは思います」

「じゃあ、どうしてそんなことになったか、わからないってことですよね……？」

「ええ、まったく。自然に起きたことなのか、人為的なものなのかすら」

「人為的って……」

人の仕業である可能性を考えると、背筋がゾクッと冷えた。

魂をバラバラにする方法なんて見当もつかないし、そもそも、そんなことをする理由がわからない。

おまけに、魂の持ち主はまだ幼い少女だ。

　さらに謎が深まり、澪は黙り込んだ。

　すると、住職は少し申し訳なさそうに笑みを浮かべる。

「怖がらせてすみません。人為的と言いましたが、極めて異形な現象ですから、誰にでもできるわけではありません。並外れた力を持つ者でないと」

「並外れた力、ですか……」

「ええ。悪徳な霊感商法を働くような中途半端な輩《やから》には持ち得ないレベルです。……ですから、そこまで警戒する必要もないかと」

　悪徳な霊感商法と聞いて真っ先に思い浮かんだのは、仁明だった。おそらく、住職もまた、暗に仁明のことを言っているのだろう。

　澪にとって、仁明程恐ろしく、虫酸《むしず》の走る存在は他にいない。少なくとも同じ類の者の仕業ではないと知り、ほっと胸を撫《な》で下ろした。

　すると、次郎が時計に目をやり、立ち上がる。

「そろそろ行くぞ。これ以上は迷惑になる」

　気付けば、ずいぶん長居してしまっていた。澪も慌てて立ち上がり、住職に頭を下げる。

「す、すみません……！　突然来たのに、すっかりお話を聞いてもらって……！」

「いいえ、とんでもない。なにかに悩んだときは、遠慮なく来てくださいね。いつでも待っていますから」

「はい、ありがとうございます！」

澪はもう一度深々と頭を下げ、本堂を後にした。

結果的に少女の素性はわからなかったものの、考えすぎて混沌《こんとん》としていた気持ちは、不思議と少しスッキリしていた。

来たときよりも幾分軽い足取りで山門を抜けると、ふいに、先を歩いていた次郎が振り返る。

「……おい」

まっすぐに視線を向けられ、澪はビクッと肩を揺らした。

「……あの、す、すみません……」

「なにも言ってないだろ」

「勝手な行動を……と」

澪はハラハラしながら様子を窺《うかが》う。しかし、次郎は怒ることなく、むしろ困ったように溜め息をついた。

「マメの調査は業務外だ。休日にお前がどこへ行こうと、俺に文句を言う権利はない。……が、相談くらいしてくれ」

もどかしげな口調に、胸がぎゅっと締め付けられる。

そもそも隠す理由なんてなく、すべてはただの思い付きだったのに、こんな顔をさせてしまうくらいなら相談すればよかったと、澪は心から後悔した。

「は、はい……、ごめんなさい……。でも、今日はお休みですし迷惑かなと……、って、あれ……？　次郎さん、なんでスーツ……」

休日と口にした後でふと違和感を覚えたのは、次郎のスーツ姿。見上げると、次郎は意味深に笑う。

「実家に招集されて、ちょうど向かうところだったからな。……急な呼び出しのお陰で、逃げる口実ができた」

「実家……って、吉原家の本丸……！　や、やばいじゃないですか！　行かなくていいんですか？」

「どうせさほど重要な集まりじゃないし、問題ない。年寄りはなにかと集まるのが好きで困る。それに、真樹夫《まきお》さんが上手《うま》く言ってくれてるだろ」

「それならいいんですけど……」

納得しかけたものの、わざわざ正装で実家に行くという発想のない澪にとって、重要じゃないという言葉はにわかに信じ難い。

しかし、戸惑う澪を他所《よそ》に、次郎はふたたび歩きはじめた。

「この後、用事は？」

「用事は、とくに……」

「なら、車で送る」

「そ、そんな！　悪いです！　そこまでしていただくわけには……！」

「気にするな。招集を無視したお陰で時間が空いたし、最近は業務外にあまり時間を作れなかったからな。一旦《いったん》マメの調査計画を確認したい」

マメの調査計画と言われると、遠慮があっさりと消えた。

おそらく、それも次郎なりの気遣いなのだろうとわかっていたけれど、こういう転がされ方は、澪にとって心地がいい。

大人しく次郎の後に続くと、間もなく、前に一度だけ訪れた次郎の家が見えた。失踪《しっそう》する前の一哉が訳アリ物件として購入したという、古い家だ。

「車を少し出すから、そこで待ってろ」

次郎は、助手席のドアを開けられない程駐車スペースギリギリに停められているワンボックスカーに乗ると、エンジンをかける。

その間、澪は改めて次郎の家を見上げた。

初めて訪れたときは、その古い見た目に驚き、後に一哉の形見と知り胸が痛んだ。一哉が遺《のこ》した霊感グッズを見せてくれたときの次郎の表情は、今も忘れられない。まるで、笑いながら泣いているようだった。

「……おい、ぼんやりするな」

声をかけられ、澪はハッと我に返る。慌てて助手席に乗ると、次郎は車を動かしながら小さく溜《た》め息をついた。

「念のために言っておくが、ここは俺にとってはただの家だぞ」

「え……？」

「毎日一哉の思い出に縋《すが》って過ごしてるわけじゃないからな」

　どうやら頭の中を読まれてしまっていたらしい。とはいえ、ここまで正確に言い当てられるとは思わず、澪は動揺した。

「あの……、私って、そんなに顔に出ます……？」

「俺の知る人間の中では、圧倒的に」

「やっぱりそうなんですね……。ついさっきご住職にも言われましたし、なんとかしたいんですけど……」

「もう無理だろ」

「……ハッキリ言いきらないでください」

「いや、お前はわかりやすくないと困る」

　サラリと言われたそのひと言が、なんだか妙に心に残った。

　おそらく、自分の言葉が足りなすぎるせいだと、澪は思う。そして、次郎がいかに気にかけてくれているかを、改めて実感した。

　澪の心情を気遣い、無理に問い詰めることもせず、態度や表情から読み取ろうとしてくれているのだと思うと、心が痛む。

　次郎がついさっき口にした「相談くらいしてくれ」という言葉が、より切実な響きを持って頭に蘇《よみがえ》った。

「あ、あの……、私、多分、焦ってしまっていて……。廃寺でマメの姿を見たときから、ずっと落ち着かないんです……。なにかしなきゃって、……だけど、なにができるのかも、どうしたらいいのかも、わからなくて」

ふいに、言ったところで一蹴《いっしゅう》されるに決まっていると思い込んでいた弱音が、ぽろりと口から零《こぼ》れた。

すると、次郎は少し黙った後、ルームミラー越しに澪と目を合わせる。

「なら、一度行くか」

「え……？」

「廃寺に」

あっさりとそう言われ、澪はポカンと次郎を見つめた。すると、次郎はさらに言葉を続ける。

「もう少し情報を集めてからと思っていたが……、そもそも、この件に関しては調べようがない。行ったところで連れ戻せるかどうかはわからないが……、マメの姿を見れば、少しは落ち着くだろ」

「次郎さん……」

愚痴も同然の訴えだったというのに、返された言葉はこれ以上ない程の思いやりに満ちていた。

その優しさに誘い出されるかのように、胸の奥から本音が込み上げてくる。

「行ってもいいんですか……？　ただ、会いたいってだけなのに……？」

「別に、ごく普通の理由だろ」

涙が零れそうになって、澪は慌てて俯《うつむ》く。

言ってみてよかったと、心から思った。

「ありがとうございます……」

「礼は必要ない。マメの件は業務時間外だし、お前の休みが潰《つぶ》れるだけだ」

ぶっきらぼうな口調が、なんだかくすぐったい。

澪は次郎に感謝しながら、マメの姿をそっと心に思い浮かべる。

不安を言い出したらキリがないけれど、今はただ、マメに会える、と。その事実だけで、十分元気になれた。


その後、次郎と相談した結果、廃寺でのマメの調査は翌週末の四連休に行うことが決まった。

そんなにすぐに行けるなんて思いもしなかった澪は、訳アリ物件の調査を控えているとき以上に落ち着かない日々を過ごした。

というのも、廃寺へ行けたなら、澪にはやり遂げたいことがたくさんある。マメはもちろん、市松人形に憑《つ》いた少女も連れ帰りたいし、二人に困っていることがあるなら協力し、解決してあげたい。

とはいえ、また威嚇されてしまうかもしれないとか、そもそも現れないかもしれないなど、不安も拭《ぬぐ》えなかった。

結果、通常業務にすら支障をきたし、決行を三日後に控えた水曜には、残った雑務のために残業をする有様だった。

「うわ……、なんか変だと思ったら、全部項目がずれてる……、まさかの打ちなおし……」

「……澪ちゃんどうしたの。そんなのいつもサッとやってんじゃん。一旦落ち着きなよ。……ほら、飴《あめ》」

なにかミスをするたび、ポケットの中に晃からの飴が増えていく。

澪は一向に進まないデータ入力に疲労し、がっくりと項垂《うなだ》れた。

「だ、大丈夫……、今日はいっぱい貰《もら》ったから、まだあるし……」

「いいから持っておきなって。僕、この後本社のシス管に呼ばれてるから、渡せなくなるし」

「ミスする前提で話を進めないで。……って、無理ないか。なんだか、次郎さんが調査日を直近の週末に設定した理由がわかった気がする……」

「今週、超ポンコツだもんね」

「お願い、真顔で言わないで」

可笑《おか》しそうに笑う晃を睨《にら》みながらも、澪は差し出された飴を受け取る。

すると、晃はチラリと時計を確認した。

「そろそろ出なきゃ。ごめんね、手伝えなくて」

「そんな……！　謝らないでよ、私が悪いんだから」

「部長さんも本社にいるはずだけど、どうする？　会ったら、澪ちゃんはすこぶる順調で、そろそろ帰りそうだったって言っとこうか？」

「お、お願いします……」

晃はいたずらっぽく笑い、パソコンを閉じて立ち上がる。けれど、執務エリアを出る寸前で、ふと振り返った。

「本音を言えば、週末の業務外調査にも付き合いたかったんだけどな」

「え、そうなの……？　次郎さんが駄目だって？　あ、もしかしてシス管の仕事とか……？」

「いや、仕事じゃないし、部長さんには頼んでもいないんだけど、……遠慮しとこうかなって」

意味深な言い方に、澪は首をかしげる。

すると、晃はニヤニヤと怪しい笑みを浮かべ、大袈裟《おおげさ》に肩をすくめた。

「いやー、だって、どう考えても邪魔者じゃん。いくら空気を読まない僕ですら、そんな野暮なことできないわ」

「は……？」

「楽しみだね、業務外調査。つまり、二人旅」

「ちょっ……晃くん待っ……」

慌てて訂正しようとするも間に合わず、晃は逃げるようにオフィスを出て行ってしまった。残された澪はしばらく呆然《ぼうぜん》と立ち尽くし、椅子に腰掛け脱力する。

正直、マメのことで頭がいっぱいで考えもしなかったけれど、調査とはいえ、業務外となるとつまりプライベートだ。

いかにも晃が食い付きそうなネタだと、澪は溜め息をついた。

「それどころじゃないんだって……」

思わず零れるひとり言。

ただ、晃に呆《あき》れる一方、ただでさえ混沌《こんとん》としていた頭の中が、もはや収拾がつかないくらいに散らかってしまったことは否定できなかった。

澪はもらったばかりの飴を口に放り込み、外の空気を吸って落ち着こうと窓を開ける。

日はとうに沈んでいるのに、風は生温《なまぬる》い。山梨の朝晩はひんやりしていたけれど、九月の東京には、まだまだ夏の余韻が残っている。

澪はなにげなく身を乗り出し、窓から下を眺めた。

キラナビルに越してはや一年半。いまだにほとんど入居者がなく、ここが丸の内だということを忘れそうになる程に暗く、静まり返っている。

ただ、その中に一つだけ、ほんのかすかに灯りが漏れている窓があった。

他が真っ暗でなければ見落としてしまいそうな程のかすかな灯りは、一般的なオフィスなら少し不自然だが、このビルにおいてはなんら不思議はない。

その部屋の主は、折り紙の作品を保護するためにほとんどの窓に遮光を施している、東海林だ。

念のために窓の位置を下から数えてみると、やはり五階だった。

「東海林さん来てるんだ……」

澪はふと首をかしげる。なぜなら、こんな遅い時間に東海林を見かけたことがほとんどなかったからだ。

なにかトラブルでも起きたのだろうかと、ふいに不安が過《よぎ》る。話していると忘れそうになるけれど、東海林はかなりの高齢。万が一倒れていたらと、気になりはじめたら止まらなくなった。

結局、念を入れるに越したことはないと、澪は給湯室へ行ってリアムから貰ったアップルクランブルを口実用に準備し、オフィスを出る。

そして、早速五階に向かい、インターフォンを押した。すると、間もなく戸が開き、東海林が顔を出す。

「こんばんは……！　あの、アップルクランブルが余っ……東海林さん？」

やはり来てよかったと思ったのは、東海林の血の気のない顔を見た瞬間のこと。少しふらついているようにも見え、澪は慌てて体を支えた。

「東海林さん、大丈夫ですか……！　すぐに近くの病院に……！」

「澪さん、大丈夫です」

「でも……！」

「少し休めば落ち着きますから。……最近は、よくあるんです」

「よくあるって……。だったらなおさら診てもらった方が……」

「これは、……体調のせいではありません」

　そう言われた瞬間、澪は直感する。体調のせいでないという言葉が、つまりなにを意味しているかを。

「……わかりました。一旦《いったん》、奥の椅子まで一緒に行きましょう……？」

「ありがとう」

　もはや、納得するしかなかった。

　東海林は椅子に座ると、深く息をつく。

　澪は冷蔵庫から水のペットボトルを取り出して手に持たせ、苦しそうに丸めた背中を摩《さす》った。

「東海林さん、大丈夫ですか……？」

「お陰さまで、少しマシになりました。……情けないところを見せてしまい、すみません。最近は妙に夢見が悪くてね」

「夢、ですか……」

「ええ。霊障ならいくらでも避けられますが、悪夢はそういうわけにはいかない。言うなれば、虫の知らせという感じでしょうか。私がもっとも見たくないものを、夢で見てしまうんです」

「そんなことが……。さぞかしお辛《つら》いでしょうね……」

「もしかすると、なにかに呼ばれているのかもしれませんね。……これまで、数えきれない程に悪霊たちの恨みを買ってきましたから。もはや、まともな死に方をしたいなんてことを望んではいませんが」

東海林は笑いながら言うが、澪には、それが決して冗談ではないとわかっていた。昔は霊能者だったと聞いているし、壮絶な過去を持つこともなんとなく察している。

「そんなこと言わないでください……。東海林さんには何度も助けてもらいましたし、東海林さんになにかあったら、今度は私が助けに行きますから」

「それは、頼もしい」

「……冗談だと思ってますね？　でも、今日ここに来たのだって、それこそ虫の知らせだとしか思えないですもん」

「確かに、……見られているかのようなタイミングでしたね」

「だから、これからもきっと察知して絶対に駆け付けます」

澪はそう言うと、まだ少し震えの残る東海林の手に触れる。深い皺《しわ》の刻まれた指が、乗り越えてきた困難を物語っているかのようだった。

「……ありがとう」

「いいえ。このまま少しゆっくりしてください。傍にいますから」

東海林は頷《うなず》き、ゆっくりと目を閉じた。

幸い、十五分程で東海林の顔色はずいぶん良くなり、澪はほっと息をつく。ただ、まだ一人にしておくのは不安だった。

「あの、東海林さんはこれからお家《うち》に帰られるんですか……？　迷惑でなければ、送らせてもらえると……」

遠慮がちに申し出ると、東海林は笑みを浮かべる。

けれど、ゆっくりと首を横に振った。

「お気遣いありがとうございます。ですが、今夜はこの部屋で過ごすつもりで来たんです。なんだか今日は胸騒ぎがしてね。折り紙に囲まれていると、気持ちが落ち着きますから」

「そう、ですか……」

東海林がここまで折り紙に心酔したキッカケが娘と関係していることを知ったのは、みずなぎ荘の慰霊碑を撤去した日のこと。澪はそのとき、東海林の娘がもうこの世にいないことを察した。

年季の入った折り鶴を、両手で愛《いと》しげに包んでいた東海林の表情は、今も忘れられない。

ついしんみりしてしまった澪を見て、東海林が笑い声を零《こぼ》した。

「また、考えていることが全部顔に出てますよ」

「す、すみません……。ほんとこれ、どうにかしなきゃ……」

「……というより、澪さんはお仕事中だったのでは。ずいぶん長く付き合わせてしまったけれど、大丈夫ですか？」

「あ……！」

その言葉で、澪はふいに、なにもかもを放置したままのオフィスの惨状を思い出す。

それすらも顔に出ていたのか、東海林はふたたび笑った。

「私のことなら、もう心配ありませんよ」

「じゃあ、戻りますね……。けど、なにかあったら絶対に連絡をください。すぐに来ますから」

「ええ。頼りにしています」

すっかりいつも通りの東海林にほっとし、澪はオフィスに戻ろうと立ち上がる。――しかし。

「……そういえば、澪さん。その後、マメの調査はいかがですか？」

突如マメの話題に触れられ、澪はもう一度腰を下ろした。

「それが……、なんだか謎が深まってしまっていて……。っていうのは、この間、泊まりの調査で山梨に行ったときに、マメを見かけたんです。……でも、逃げられてしまって」

「ほう……。マメはその場所になにか由縁が？」

「いえ。マメが生きてた頃のことはよくわからないけど、保護したのは八王子《はちおうじ》でしたし、由縁はないと思います。ただ、マメが連れていた子の方にはいろいろと因縁があるみたいで」

「連れていた子、とは」

「市松人形に憑《つ》いた、女の子です。その場所って、前に次郎さんのお兄さんを捜索する一環で行ったことがあるんですけど、そのときに出会ったんです。供養はしたんですが、ずっと市松人形から離れたがらなくて……。その子も、すごく不思議なんですよね……、生前の記憶が全然伝わってこないっていうか、知り合いの住職さんは、魂が小さいっておっしゃるんです。本体と分かれちゃってるんじゃないかって――」

つい夢中で説明していた澪は、ふと顔を上げた瞬間、東海林のただならぬ様子に息を呑《の》んだ。

　顔が強張《こわば》り、額にはじわりと汗が滲《にじ》んでいる。

「東海林さん、大丈夫ですか……？　やっぱりまだ具合が悪いんじゃ……」

「――澪さん」

　突如、切羽詰まった声で名を呼ばれ、澪は思わず言葉を止める。東海林からはただならぬ緊迫感が漂い、いつもとは別人のようだった。

「山梨と言いましたよね」

「え……？」

「マメを……、マメたちを見たのは、山梨の、どこですか？」

「東海林さん……？」

ドクドクと、心臓が鼓動を速める。

質問の意図はわからないのに、なぜだか答えるのが怖いと思った。すると、東海林は澪の答えを待つことなく、言葉を続ける。

「八ヶ岳南麓《なんろく》の……、深い山中にある寺では」

それは、疑問というよりむしろ確認のような響きだった。

「どうして……、それを……？」

みるみる広がる不安に、声が震える。

すると、東海林は突如目を潤ませ、シャツの胸元をぎゅっと掴《つか》んだ。

「東海林さん……？」

「胸騒ぎの理由は、これでしたか……」

「あ、あの……」

「――澪さん」

ドクンと心臓が揺れる。

東海林はたっぷりと間を置いた後、ふたたび澪を見つめた。――そして。

「あなたが訪れた寺は、かつて私が捨てた寺。そして、市松人形に憑いている少女は、おそらく私の娘、――佳代《かよ》です」

衝撃の告白に、澪は声を出すことすらできなかった。

山梨にある寺という漠然とした手がかりしか口にしていないというのに、娘だと言い切った東海林の口調からは、迷いが感じられない。

「まさか……、こんな奇跡のような巡り合わせが……。……私の願いはまだ、潰《つい》えていなかったということでしょうか……」

東海林は動揺する澪を他所《よそ》に、頭を抱えたまま、まるでひとり言のようにブツブツと言葉を続ける。

そのただならぬ気迫に、澪は声をかけることができなかった。

やがて、東海林はゆっくりと顔を上げると、澪をまっすぐに見つめる。その視線には、強い決意が滲んでいた。

「……なにもかも、すべてお話しします。過去のことも、佳代のことも。……だから、どうか私をその調査に加えていただけませんか。……むしろ、私から第六さんに依頼をさせてください。こんな機会は、きっともう永遠にない。私は、なんとしても、私のせいで散り散りになってしまった佳代の魂を集めなければなりません」

「東海林、さん……？」

どんどん先へ進んでいく展開に理解が追いつかず、澪は戸惑う一方だった。

ただ、頭の中では、東海林が口にした「散り散りになってしまった佳代の魂」という言葉と、神上寺の住職から聞いた「魂が足りない」という話の辻褄《つじつま》が、ぴたりと合っていた。

魂をバラバラにするなんて異形の業《わざ》は、並外れた力を持つ者にしか成し得ないと言った住職の言葉も、東海林であれば違和感はない。

だとすれば、市松人形に憑いていた魂は東海林の娘、佳代である可能性が限りなく高いと、澪は徐々に確信を持ちはじめていた。

そして、同時に頭を過《よぎ》ったのは、みずなぎ荘からの帰り道に聞いた、東海林の悲しげな言葉。

「あの……、東海林さんが前におっしゃっていた〝罪〟って……、そのこと、ですか……？」

あの日、東海林は自らの過去に触れ、「罪を犯した」と話した。「御仏様にまで迷惑をかけた大罪」だと。

あのときは、安易に触れてはならないような気がしてそれ以上聞けなかったけれど、澪は、いつかその後悔が晴れる日を迎えられたらいいのにと、心から願っていた。

東海林は、澪をまっすぐに見つめたまま、こくりと頷《うなず》く。

切実さの滲む視線に、心が酷《ひど》く揺さぶられた。

感情が追いつかないまま涙が込み上げ、澪は慌ててそれを拭《ぬぐ》う。

「……だったら、なんとかしなきゃですね。……依頼なんて、いらないです。……東海林さんが来てくれるなら、心強いですから。一緒に、大切なものを取り戻しに行きましょう……？」

「澪さん……」

「それに、私も市松人形に憑いた子が……、佳代ちゃんが浮かばれたらいいのにって、ずっと思ってましたから……」

涙ながらにそう伝える澪に、東海林はようやく表情を緩めた。

そして、まるで幼い子をあやすかのように、澪の頭にそっと手を載せる。

「ありがとう。……長崎くんにもお話ししなければね」

「はい……」

「明日、お仕事が終わったら連絡をください。オフィスに伺います」

澪は頷き、立ち上がる。

本音を言えば、今すぐにでも東海林の話を聞きたかった。けれど、さわりを聞いただけで胸がいっぱいになってしまった今の澪では、とてもすべてを受け止めきれない気がした。

東海林との別れ際、澪は衝動に駆られてふと足を止める。

「東海林さん」

「はい」

「調査次第では、……もう、東海林さんが抱えているものを罪って呼ばなくてもよくなりますか……？」

無責任なことを言うべきでないと思っているのに、そのときの澪は、どうしても止められなかった。

佳代自身のことはもちろんだけれど、幼い娘を失い、長い年月罪の意識を抱えて過ごしてきた東海林の心も救われてほしいと、願わずにいられなかった。

東海林は少し驚いたように瞳《ひとみ》を揺らす。

「そうですね。……そう思えるかもしれません。……なんだか、澪さんからは赦《ゆる》されてばかりだ」

「私なんかに赦されたって……」

「いえ。……不思議な縁に感謝しています。あなたと出会えたことは、私にとって僥倖です」

それは、私の方だ、と。

そう思うのに、胸が詰まってうまく言葉を出せなかった。

澪はぺこりと頭を下げ、今度こそ東海林の部屋を後にする。

しかし、エレベーターに乗るやいなや、抑えていた感情が一気に溢《あふ》れ出し、勢いよく涙が零《こぼ》れた。古いエレベーターがガタガタと不安定に揺れるたび、心がぎゅっと痛む。

――少し、落ち着こう……。

澪はポケットから携帯を取り出すと、ひとまず次郎に報告するためメッセージ画面を開いた。

しかし、文字を入力していても、すぐに涙で視界が滲んでしまう。

ハンカチを出す余裕すらなく袖《そで》で涙を拭うと、ちょうどエレベーターが十階に到着し、扉が開いた。——そのとき。

「えっ……」

「は……？」

澪は、目を疑った。

そこに立っていたのは、吉原不動産の本社にいるはずの次郎。

ポカンと見上げていると、次郎はふたたび閉まりはじめた扉を押さえ、澪の腕を引いた。

「なにしてるんだ、お前」

「なにって……、次郎さんこそ……」

「溝口から、お前の残業が翌朝までかかりそうだと聞いて様子を見に来た」

「…………」

話が違う、と。脳裏に、いたずらっぽく笑う晃の顔が浮かぶ。次郎は呆《あき》れた様子で溜《た》め息をつき、動揺する澪をオフィスの方へ促した。

「電気が点《つ》いているのに姿がないし、パソコンも荷物もそのまま。……さしずめ、東海林さんの部屋にでも行ってるんだろうと、これから五階へ行くところだった」

「す、すみません……」

「……で、なにがあった？」

尋ねられた瞬間、心が小さく疼《うず》く。

知ってしまった深刻な事実を早く伝えなければならないのに、あまりの内容に、どう報告したらいいかわからなかった。

次郎はオフィスに入るとひとまず澪を応接室に誘導し、ソファに座ってネクタイを緩め、正面のソファを指差す。

「カタコトでもいいから、報告」

急《せ》かされながらもハードルを下げられ、気持ちがわずかに緩んだ。澪は頷き、ソファに腰を下ろす。

「あの……」

「ん」

「市松人形に憑《つ》いてた少女は……、東海林さんの娘さんかもしれないって……」

「は？」

次郎がこうもわかりやすく面食らうことは、滅多にない。

「なんだその話……。唐突にも程があるだろ。筋立てて話せ」

「だ、だって、カタコトでいいって言うから……」

「予想と違いすぎる。俺はてっきり東海林さんの――」

「え……？」

ふと、嫌な予感がした。

しかし、次郎は不自然に目を逸《そ》らす。

「それで……、続きは」

あきらかになにかを言い淀《よど》んでいたのに、澪には問い詰めることができなかった。今の澪には新たな事実をこれ以上受け止められる気がせず、自然に守りに入ってしまったのかもしれない。

「……それで、マメの調査に同行したいと申し出てくださって――」

結局澪はなにも尋ねず、続きを口にした。

とはいえ、澪から伝えられる内容はそう多くなく、詳細は、明日の東海林の来訪を待つことになった。

ただ、言葉にしたお陰か、話し終えた頃には、混乱と動揺で収拾がつかなかった心は少しだけ落ち着きを取り戻していた。

次郎が来てくれてよかったと、心からそう思った。

もしあのまま一人で帰っていたなら、きっといつまでも気持ちの整理ができないでいただろうと。

しかし、何気なく時計を見た澪は、たちまち青ざめる。

時刻はもはや二十二時。途端に残業のことを思い出し、慌てて立ち上がった。

「やば……、私は残りの業務を片付けてきます……」

「業務？　まだ残ってるのか」

「あと少しだけ……」

とても少しとは言い難い量だったけれど、澪はあまり追及されないよう目も合わせずに執務エリアに戻り、デスクに散らかしっぱなしの資料を手繰り寄せてノートパソコンを開く。

ただ、予想はしていたものの、とても集中するどころではなかった。

東海林が抱えた罪や、恐怖と悲しみだけが切り離された佳代の魂のことを考えてしまい、たびたび手が止まってしまう。

すると、自分のデスクでパソコンを開いていた次郎がふいに横に立ち、強引に澪のノートパソコンを閉じた。

「……帰るぞ。そんな調子じゃ本気で翌朝になる」

「え……、でも、そういうわけには……」

「そういう作業は来週にまとめてやれ。ミスされても困る」

言い方はドライだけれど、澪にはこれが次郎の配慮だとわかっていた。そもそも、次郎にはオフィスに残る理由がない。

「もしかして、終わるのを待ってくれてました……？」

「いいから、早く帰る準備しろ」

次郎は質問には答えず、くるりと背を向け先に執務室の出入り口に向かう。澪は資料をデスクの端に寄せ、慌ただしくバッグを抱えた。

「じゃあ、来週には問題が全部解決してることに期待して、今週はお言葉に甘えますね……！」

「東海林さんが同行してくれるなら戦力としてはかなり大きいが、あまり期待しすぎるなよ」

「わかってます。でも、少しは希望を持ってなきゃ、前に進めないから」

ふいに次郎が立ち止まり、澪の方を振り返る。

首をかしげると、次郎はほんの一瞬瞳を揺らし、ふたたび歩きはじめた。

「……一理ある」

ただの相槌《あいづち》なのに、不思議と重く響く。

いちいち心が過敏に反応してしまうのは、きっと心が不安定になっているせいだ、と。

澪は自己分析しながら、次郎の後に続いた。

翌日の終業後、東海林は約束通り第六のオフィスにやってきた。

応接室に入った東海林はいつも通り落ち着き払い、昨日の動揺を少しも引きずっていない様子だった。

澪は、マメのことを考えるたびにわかりやすく落ち込んでしまう自分とえらい違いだと、密《ひそ》かに反省する。

ただ、東海林がそうならざるを得ないくらいに壮絶な経験を積み上げてきたのだと思うと、少し苦しくもあった。

「――私が寺を捨てたのは、もう大昔のことです」

やがて、東海林は落ち着いた口調で、過去のことを語りはじめる。

それは、覚悟していたとはいえ、聞くに耐えない壮絶な内容だった。

東海林が七百年以上の歴史がある寺の生まれであり、代々高い霊能力を持つ家系であることや、娘の佳代に能力が受け継がれなかったこと、そして、東海林の実の母によって仕組まれ、佳代が悪霊に憑かれてしまったこと。――さらに、折り紙に佳代の魂を誘い込もうとし、収まりきれない魂が散り散りになってしまったことなど、次々と出てくるショッキングな話に、澪は聞きながら何度も涙を拭《ぬぐ》った。

一方、東海林の口調は、まるで準備された原稿を読み上げているかのように淡々としていた。

「……佳代の魂の一部は、この中にいます」

すべてを話し終えた後、東海林はテーブルの上に年季の入った折り鶴を出す。

それは、以前、みずなぎ荘の帰りに車の中で見せてもらったものと同じだった。

「この中に、佳代ちゃんがいたんですね……」

「ええ。ほんの一部ですが」

「……触れても？」

「もちろん」

澪は、折り鶴にそっと触れる。それはかすかな熱を宿していて、確かに、小さな気配が感じられた。

その瞬間、ふいに頭を過《よぎ》ったのは市松人形のこと。折り鶴から伝わってくるのは、市松人形を抱いているときにも感じられる、子供特有の無垢《むく》な心だった。

「……とても、似てる……」

ふいに、目の奥が熱くなった。

東海林はそんな澪を見つめながら、目を細める。

「やはり、……そうですか。決めつけるにはまだ早いけれど、澪さんがそう言うなら、ほぼ確定だと思ってもいいかもしれませんね」

「東海林さん……、ごめんなさい……」

「どうして謝るんですか？」

「こんなに近くにいたのに……、ずっと会わせてあげられなくて……」

東海林の目が、大きく揺れる。それは、東海林が今日はじめて感情を露《あら》わにした瞬間だった。

東海林は澪の肩にそっと触れ、困ったように笑う。

「……澪さんが廃寺から佳代を連れ帰ってくれたから、私はこうして手がかりを得られたんですよ。謝るのは、おかしい」

「だけど……」

「本当に感受性が豊かですね。これでは、霊に好かれるわけだ。ただ、あなたがこうして心を痛めてくれるお陰で、私は取り乱さずにいられます。……娘の話題はどうしても、心が引き裂かれそうになるので」

澪は、東海林が不自然なまでに落ち着き払っていた理由を察した。本当はずっと堪《こら》えていたのだと思うと、余計に苦しさが込み上げてくる。

すると、なにも言えなくなってしまった澪の代わりに、次郎が話を続けた。

「……その娘さんがどういうわけか、今マメと一緒にいる、と。……東海林さん、なにか思い当たる理由はありますか？」

わずかな、沈黙。

しかし、東海林はゆっくりと首を横に振った。

「長年生きてきたけれど……、マメと佳代のように、亡くなった後に出会った者同士が目的を共にしているといったようなケースは経験がありません。ただ、考えられるとすれば、マメは、佳代に協力しているのではないかと。……動物は本能的に弱い者を守ろうとしますし、寺でなんらかの目的を果たそうとしている佳代の手助けをしてくれているのかもしれない」

「マメが、佳代ちゃんを……」

「そうだとすれば、謝るのは私の方です。娘がマメを巻き込んでしまい、澪さんには寂しい思いをさせてしまって……」

「そ、そんな！　やめてください……！」

澪が慌てて首を横に振ると、東海林は何故か幸せそうに笑った。

そして、ポカンとする澪に、東海林はさらに笑みを深める。

「……娘がかけた迷惑を謝るなんて、永遠に経験できないことだと思っていたので。不謹慎ながら、嬉《うれ》しくて」

「東海林さん……」

「ただ、……なにがあっても、マメのことは必ず澪さんの元に連れ戻しますから。……必ず」

急に視線が鋭くなり、澪は心強さを覚える一方で、心の隅に生まれた小さな不安に気付いていた。

覚悟を決めた人間が口にする、「なにがあっても」という言葉は、あまりにも重い。

「東海林さん、一緒に、ですよ……？　一緒に大切なものを取り戻しましょうって、昨日約束したじゃないですか……」

不安に駆られてそう言うと、東海林は我に返ったように瞳《ひとみ》を揺らし、わずかに俯《うつむ》く。

――そして。

「……ありがとう」

少し息が抜けたようなお礼の言葉は、胸に込み上げるものがあった。

「――まさか、悪徳な坊主に寺を利用されていたとはね」

土曜日、澪たちは朝早くに山梨へ向かった。

道中、廃寺には一哉捜索の件で訪れたことや、仁明が活動拠点として使っていたことを話すと、東海林は想像以上に驚いていた。

「よく使い物になりましたね。長く放置されていたはずなのに」

「七百年も歴史があったなんて、立派なお寺だったんでしょう……？」

「名は妙恩寺《みょうおんじ》といいます。歴史は長いですが、霊能に関連する特殊な相談に乗っていたこともあり、一部の敬虔《けいけん》な檀家《だんか》たちに支えられた限りなく閉鎖的な寺です。……寺を捨てて以来、私は一度も行っていませんが、大昔は、そう簡単に行ける場所ではありませんでした。……きっと、長い年月で山が拓《ひら》かれ、人の目につくようになったのでしょうね」

東海林の言葉を聞いてふと思い出すのは、妙恩寺の存在を知ったキッカケ。

玲奈のサイコメトリングを元に、澪はネットで背後に富士山を望む廃寺を探した。

そのときに唯一見つけた画像は、清里高原を訪れた旅行者がトレッキング中に撮影したもの。

改めて思い返しても、見付けられたことは奇跡だったと澪は思う。

「確かに、行けない程ではないですけど……、車は少し離れた場所までしか入れませんし、かなり山奥ですよ。初めて見たときはけっこう怖かっ……すみません」

澪はつい失礼なことを口にしかけ、東海林の生まれた寺だということを思い出して慌てて謝った。

すると、東海林は可笑《おか》しそうに目を細めながら、首を横に振る。

「いえいえ。当時の私は世間知らずでしたから、なにひとつ疑問を持っていませんでしたが……、今改めて思えば、世間の方々にとってはかなり不気味な寺だったと思います。悪霊祓《ばら》いの噂を聞いて初めて訪れた方のほとんどが、ずいぶん警戒なさっていましたしね」

わからなくもないと、澪は思う。

山奥に佇《たたず》む寺と聞いただけで身構えてしまうのに、悪霊祓いの寺として名が知られているなんて、警戒されても無理はないと。

たとえ、原因不明の症状に悩まされて駆け込んだ張本人だとしても、ほとんどは半信半疑だろうし、症状が改善してもなお、不思議な力の存在を肯定できない人もいるだろう。

まさに、散々不思議な目に遭っていても自分の霊感をなかなか認められなかった、かつての澪のように。

ぼんやりと考えているうちに、窓の外の景色から次第に人工物が減り、みるみる山が深くなっていく。

やがて、次郎はついこの前通ったばかりの山道の脇に車を停めた。車を降りると、少し先には、さらに山奥へ向かって延びる脇道が見える。

「東海林さん、廃寺はここからしばらく登ったところです。この辺りに見覚えありますか……？」

「いえ……、やはり、ずいぶん拓けましたね。景色が様変わりしています。私がいた頃は、こんなに立派な道はありませんでした」

「立派な道……」

東海林の言葉を聞いた瞬間、澪は、かつてのこの辺りがいったいどんな状態だったのか、なんとなく想像できた。

というのも、澪にとっては、現状でも拓けているとはとても思えない。当時は、澪の想像をはるかに超える程、閉鎖的な場所だったのだろう。

「ついこの前この近くで調査をしましたけど、この道を少し戻った辺りには別荘地がありますし、いずれはこの周辺も開発が進むかもしれませんね」

「……なるほど。ですが……、人が集うには不向きな気配もいくつかあります。どこの会社が開発を手がけているのか知りませんが、いずれ第六さんに依頼がくるかもしれませんね」

「不向きな気配……？」

「……中には、少々気になるものも。……まさに、妙恩寺の方から」

東海林がサラリと口にした言葉で、澪の背筋がゾクリと冷える。同時に、前に来たときに感じた、不穏な気配のことを思い出した。

次郎もまた、神妙な表情を浮かべる。

「前と同じ気配だ。……やばい奴がいる」

「ほう。……厄介な地縛霊でも居座っているのでしょうか」

「いえ、前に一哉の件で来たときにこの気配はなかったので、ここ数年で現れた霊かと」

「……なるほど。にしてはずいぶん不穏ですね。……まあ、とりあえず行ってみましょう」

東海林がほんの一瞬眉《まゆ》を顰《ひそ》めた瞬間を、澪は見逃さなかった。けれど、尋ねる隙を与えられないまま、東海林は山道を奥へと進む。

廃寺となった妙恩寺に向かう東海林の背中から、様々な思いや葛藤《かっとう》が伝わってくるようで、澪はなんだか胸騒ぎを覚えた。

すると、次郎が澪を追い越しざまに、肩にぽんと触れる。

「いつもの勢いはどうした。……マメを連れて帰るんだろう」

「えっ……、あ……、はい……！」

どうやらまた顔に出ていたらしいと、澪は慌てて表情を繕った。そして、前を歩く次郎の横に並ぶ。

「連れて帰りますよ……。マメも、佳代ちゃんも」

「暴走するなよ。今回こそは」

「鋭意努力します……」

曖昧《あいまい》な返事に、次郎はかすかに笑った。

けれど、間もなく目に入った山門を見て、意味深に目を細める。

「……気配が強くなってるな」

「え……？」

そう言われ、澪は周囲の気配に集中した。しかし、不穏な気配は感じるものの、前との差まではよくわからない。

そうこうしている間にも東海林はすでに山門を抜けていて、澪は慌ててその後を追った。

東海林は本堂の前に立つと、無言のままその佇まいをしばらく見つめる。

その心情が、澪には想像できなかった。

自ら捨てたと口にしていたこの寺は、東海林の生まれ育った場所であり、佳代と過ごした場所でもある。

表情は落ち着いて見えるけれど、なにも感じないはずはなく、澪には声をかけることができなかった。

しかし、東海林は突如、躊躇《ためら》いもなく本堂へと足を踏み入れる。

腐りかけの床が、ギシッと不安な音を鳴らした。

「東海林さん……！　気を付けないと危ないですよ……！」

「ええ。……床梁《ゆかばり》の上を選んで歩きますから大丈夫です。本堂は古い建物ですが、軒下を観察した限りでは、基礎はしっかりしているようなので」

「軒下を観察……していたんですか？　今？」

「そうですが……、どうしました？」

首をかしげる東海林を見ながら、どうやら物思いに耽《ふけ》っていたわけではなかったらしいと、澪はほっとするような拍子抜けのような、複雑な気持ちになった。

東海林の言葉が誤魔化しでないことは、本堂の中を歩く淡々とした様子が物語っている。

「あの……、大丈夫ですか？　お辛《つら》かったりしませんか……？」

つい気になって尋ねると、東海林はようやく澪の疑問を理解したのか、可笑しそうに笑った。

「なるほど。私の心情を慮《おもんぱか》ってくださっていたんですね。……ありがとう。ですが、こんな状態では感慨もなにもありませんよ。それに、とうにすべてを断ち切っていますから」

「そう、ですか……」

本人がそう言うのなら余計な心配はするまいと、澪はその後に続く。やがて、東海林は本堂の端に並べられた古い人形たちに目を留めた。

「……なるほど。ここに並んでいた中のひとつに、佳代が宿ったということですね」

「あ、はい……。一哉さんの件でここに来たときに、佳代ちゃんがいろいろ助けてくれて……」

「人形が動き出すなんて、澪さんはさぞかし怖い思いをされたでしょうに」

「それはもう……。不意打ちで現れるものだから、毎回心臓が止まりそうになっ……すみません」

つい本音を零《こぼ》すと、東海林は声を上げて笑う。

その様子が珍しくて、澪は思わず見入ってしまった。

「佳代はいたずらっ子なんですね。……誰に似たんだか」

「東海林さん……」

「さて……、どうやらこの中には気配がないようです。他の人形たちも、空っぽですね。……では、嫌な気配がする方へ行ってみましょうか」

誰に似たんだかと言いながら一瞬だけ見せた東海林の切なげな表情は、澪の心を震わせた。

「大丈夫です。……もうすぐ会えます」

衝動的にそう口にすると、東海林がふと立ち止まった。

そして、ゆっくりと振り返り、困ったような笑みを浮かべる。

「……あまり、見抜かないでください」

立ち入りすぎてしまったかもしれないと、澪は慌てて頭を下げた。

「私、余計なことを……、ごめんなさい……」

しかし、東海林は首を横に振る。

「いいえ、佳代を連れ帰ってくれたのが澪さんで本当によかったと、しみじみ感じていたところです」

「そんなこと……」

「佳代は、なんの救いもない混沌《こんとん》の中を過ごしているのだろうと思っていたのでね。……気にかけてくれる人との出会いがあって、心からほっとしました」

「東海林さん……」

「さあ、行きましょうか」

東海林はそう言うと、本堂を後にし、周囲を見渡す。

そして、本堂の裏の方向に視線を向け、次郎を見上げた。

「この嫌な気配は、あちらからですね。長崎くんは感じますか？」

「ええ。前も、裏の方から感じました。……マメたちを見たのも、本堂の裏からさらに奥に広がる森の中です」

「森……。というと、檀家《だんか》の墓地があった方ですね」

「墓地……？」

墓地と聞いた瞬間、澪の頭に、別荘の調査で視《み》た土まみれの霊の姿が過《よぎ》る。あのとき澪たちは、その霊を、大昔に亡くなり土葬された魂だと予想した。

やはり近くに墓地があったのだと知り、澪は納得する。七百年以上も歴史がある妙恩寺の墓地ならば、当然、土葬していた時代もあるだろう。

「……前の調査のときに澪が視た霊は、そこで眠っていたんだろうな」

どうやら、次郎も同じことを考えていたらしい。

すると、東海林は少し複雑そうな表情を浮かべた。

「通常、管理者が不在となってしまった寺の墓地は、檀家たちが共同管理するか、もしくは移動させてしまうかですが……、その様子だと、放置されてしまったものも多くあるのでしょうね。……すべて正しく弔いましたが、私が去ってしまったことで、なんの罪もない仏様に心許《こころもと》ない思いをさせてしまった。誰に恨まれても構わない覚悟で寺を捨てたけれど、改めて現状を知ると心が痛みます」

東海林の声は、とても辛そうだった。

ただ、それを断ち切ってでも寺を去った当時の東海林の心情を思うと、澪は居たたまれない気持ちになった。

「私が視た霊は、確かに怯《おび》えていましたけど、恨みなんて感じませんでしたよ……？きちんと供養されて、静かに眠っていたんだと思います……」

「だとすれば、少しは救われます。ただ、怯えていたとなると放っておけませんね。せめて、静かに眠れる場所に戻してあげなければ」

「はい……」

「さて。……まともに通れる道が残っているかは怪しいものですが、ひとまず墓地へ行ってみましょうか」

澪たちは頷《うなず》き、東海林の後に続く。

東海林は本堂の裏へ回ると、そこから森の方へ向かいながら、敷地内にある不自然に途切れた飛び石にチラリと視線を向けた。

「ちなみに、この辺りには私の自宅がありました。本堂に比べればずっと後に建てられたものなのに、先に倒壊してしまったんですね。瓦礫《がれき》も残っていないとなると、誰かの手を煩わせたのかもしれませんが」

「やっぱり、ここに建物があったんですね。なんとなく、そんな名残があるなって思ってました」

「ええ。長い歴史を持つ寺ですし、宝物《ほうもつ》庫もありましたよ。宝物といっても、一般的な価値のあるものはありませんでしたが、儀式で使う宝珠や刀なんかが納められていました。……今はすっかり跡形もないですね」

東海林は敷地内を歩くごとに、少しずつ記憶を取り戻しているようだった。まるでひとり言のように呟《つぶや》きながら、時折、瞳《ひとみ》を揺らす。

しかし、そのとき。

東海林がふいに足を止め、同時に次郎も眉《まゆ》を顰《ひそ》めた。

「澪、これを持ってろ」

差し出されたのは、お札。

改めて周囲の気配に集中すると、突如、全身にゾワッと鳥肌が立つ。

「……なんだか……、急に気配が強くなったような……」

澪はお札を受け取り、森の方に視線を向けた。

東海林は次郎と顔を見合わせ、確認するようにこくりと頷くと、森の奥へ向かって延びる獣道へ足を踏み出す。

「まだ明るいうちに、墓地の様子を見ておきましょう。澪さん、あなたのように霊障に敏感ですと、これより先はお札を持っていても少し辛いかもしれません。限界が来る前に言ってくださいね」

「は、はい……」

「絶対に、我慢しないように」

念を押され、澪は頷いた。

すると、東海林はなんの目印もない森の中を迷いなく進む。森は次第に深くなり、まだ昼過ぎだというのに薄暗く、空気も重い。

本来なら心地いいはずの木々のざわめきや、遠くで聞こえる鳥の声が、今はなんだか気味悪く感じられた。

やがて、膝《ひざ》まで伸びる草をかき分けながら進むこと五分。突如、空を鬱蒼《うっそう》と覆っていた木々が減り、少し拓《ひら》けた場所に出た。

目線の先には、三メートル近くありそうな古い石像が見える。東海林はその前に立つと、目を閉じ手を合わせた。

「……これは、霊園をお守りいただいていた観音菩薩《かんのんぼさつ》像です。長年風雨に晒《さら》され、ほとんど原形がありませんが」

「ってことは……、この先が墓地ですか……？」

「ええ」

東海林は頷くけれど、森と墓地との境目はほとんどわからない。かろうじて確認できる朽ちた竹の柵《さく》がなければ、気付かず素通りしてしまいそうなくらいに。

一方、東海林は何十年ぶりとは思えないくらいに慣れた様子で、迷わず墓地の中を進んだ。

「私の後を歩いてください。古い墓石を踏んでしまう可能性がありますから」

「は、はい……！」

そう言われて周囲を見渡せば、確かに、草に紛れるようにして、墓石らしきものがいくつも確認できる。

当然ながら、誰かが訪れたような形跡はまったくない。

放置された墓地の光景は、言葉にできない物悲しさがあった。黙り込んでしまった澪に、東海林は優しく微笑む。

「そんな顔をしなくとも、ここにあるほとんどが空っぽのお墓です。檀家が他所《よそ》に移したのでしょう。……もちろん、そうでないものもありますが」

「遺骨がまだ残ってるってことですか……？」

「血が絶え、引き取り手のない遺骨も多くありますからね。ただ、さっきも言ったように正しく供養されていますから、通常ならば静かに眠りにつかれているはずですが……」

意味深に途切れた言葉の続きは、言うまでもない。墓地に足を踏み入れた瞬間から、澪は全身に強い寒気を感じていた。

お札を持っているにもかかわらず、これだけ霊障の影響を受けることなんて、普段の調査ではまずない。ここに潜んでいる霊がどれだけ大きな無念を抱えているのか、想像しただけで怖くなった。

「……これほど禍々《まがまが》しい気配があれば、逃げ出したくもなるだろうな」

そう呟く次郎の声も、いつになく辛《つら》そうだった。

「東海林さんは大丈夫ですか……？」

不安になって尋ねると、東海林はいつもと変わらずいたって落ち着いた様子で、首を縦に振る。

「私はそういう血筋ですから、まだ大丈夫です。とはいえ、この念を直接自分に向けられたなら、とても無事ではいられないでしょうが」

「そうなんですね……」

澪はいまだに霊能力というものを深く理解できていないけれど、それでも「そういう血筋」という言葉には説得力を感じた。

やがて、東海林は墓地を一番奥まで進むと、ふいに立ち止まる。その視線の先にあったのは、比較的劣化の少ない墓石。

突如、澪の背筋がゾクリと冷えた。徐々に存在感を増していた不穏な気配は、明らかにその辺りから漂っている。

ただ近くにいるだけなのに息苦しさを覚え、澪は耐えられずに一歩後退《あとずさ》った。けれど、東海林は身動きひとつ取らず、黙って墓石を見つめている。

「東海林さん……？」

気になって尋ねたけれど、反応はない。――しかし。

「――もっとも恐れていたことが……」

突如ひとり言のように零《こぼ》したその声は、かすかに震えていた。

澪は言い知れぬ不安を覚え、おそるおそる墓石に視線を向ける。

ぱっと見はなんの変哲もない普通の墓石なのに、なんだか妙な胸騒ぎがした。そして、ふいに、墓石の台に差し込まれた奇妙なものが目に留まる。

「なにか、差さって……」

澪はどんどん増していく気持ち悪さを堪《こら》え、こわごわ墓石に近寄る。しかし、石の隙間に差し込まれたそれはすっかり錆《さ》びて赤茶の塊と化し、金属であること以外まったくわからなかった。――すると。

「それは……、破魔《はま》の短刀です」

突如、東海林が聞き慣れない言葉を口にした。

「破魔……？」

「妙恩寺に代々伝わる、悪霊を封印するための道具です」

「どうして、そんな大切なものがここに……？」

「ここに封印したからです。ここは、――佳代の墓ですから」

「え……？」

淡々と告げられた衝撃的な事実を理解するのには、しばらく時間が必要だった。震える声で聞き返すと、東海林は俯《うつむ》き、ゆっくりと目を閉じる。

「……正しくは、佳代の空っぽの肉体が眠る場所、とでも言いましょうか。私は佳代の魂を肉体から導き出し、そこに、佳代に憑《つ》いていた悪霊を閉じ込めました。……そのときに使ったのが、破魔の短刀です」

「佳代ちゃんの、体に……」

佳代の魂を折り鶴に込めたことは聞いていたけれど、体に悪霊を閉じ込めたという新たな事実に澪は愕然《がくぜん》とした。

聞きたいことはいろいろあるのに、頭はすっかり混乱し、なかなか言葉が浮かんでこない。

しかし、東海林は相槌《あいづち》を待つことなくさらに言葉を続けた。

「佳代は霊能力を受け継ぎませんでしたが、魂の容《い》れ物としては、とても高い素質を持っていました。……そのせいで、彷徨《さまよ》う不穏な魂から四六時中その体を狙われていたのです。私は佳代の体を守ろうと必死に手を尽くしましたが……、力が及ばず、守りきれなかった。……ですから、私は悪霊に佳代の体をくれてやったのです。せめて、魂だけは守ってやろうと。なのに……」

途切れた結末は、聞くまでもない。結果、佳代の魂は散り散りになってしまった。そのあまりに残酷な結末を思い、澪の心が疼《うず》く。

――娘の体を犠牲にするしかなかったなんて……。

改めて過去の全貌《ぜんぼう》を知ったものの、それがどれだけ辛い選択だったかは、とても想像が及ばなかった。

そして、東海林はさらなる衝撃の事実を口にする。

「……その封印も、もはやほとんど破れかけています」

澪の心臓が、ドクンと大きく鼓動した。

「破れかけてる、って、つまり……」

「ええ。この気配は間違いなく、佳代の体に封印した悪霊のものです。……とはいえ、もはや昔とは比べ物にならないくらいに恨みや怒りの念が増幅しています。おそらく、この辺りに彷徨う者たちを片っ端から取り込んで、強さを増したのでしょう。……封印を破るために」

「封印が破られたら、どうなるんですか……？」

尋ねたものの、答えを聞くには覚悟が必要だった。

訪れた、わずかな沈黙。やがて、東海林は相変わらず落ち着き払った様子で、ゆっくりと口を開いた。

「完全に封印が破られてしまえば、この禍々しい念がまず先に狙うのは、封印した張本人――私でしょうね。……ですが、そうなれば今度は私の中に封印します。老いぼれですが、そう簡単に封印を破られることはありません」

「そんな……！　そしたら東海林さんが……」

「それもすべて覚悟の上でやったことですから。……私がなにもかもを捨ててみっともなくも生き続けた理由は、佳代の願いを叶《かな》えてやるため。そして、魂を成仏させてやるためです。ずいぶん時間がかかりましたが、佳代の魂の居場所がわかった今、目的の達成も近いでしょう。それさえ叶えば、もはや思い残すことは――」

「駄目です……！」

ふいに、最後まで言わせてはならない気がして、澪はなかば無意識に東海林の言葉を遮った。

つい声が大きくなってしまったせいで、東海林は驚きに瞳《ひとみ》を揺らす。けれど、澪はそれでも冷静になれなかった。

「そんなふうに、自分はどうなってもいいみたいな言い方をしないでください……」

「澪さん……。ですが、私はもう十分過ぎる程生きましたし、この命は娘のために使おうと心に決めていましたから……」

「駄目です。……死んでもいい正当な理由なんて、ないです……」

それは澪にとって、すべての命がそうであってほしいという切実な願いでもあった。

第六で働くようになって、出会った仲間たちの辛い過去を知るたび、自分なら耐えられただろうかと何度も考えた。

次郎にしても、晃にしても、出会った頃はどこか命に執着がないように感じられたし、その理由を知ったときは、そうなっても無理はないとすら思えた。

だからこそ、澪は仲間を大切に思うたび、生きていてくれて、出会ってくれてよかったと思わずにいられない。

「東海林さんには、まだまだずっと生きてほしいです……。教えてほしいことだってたくさんあるし、協力してほしいことも……。なにより、佳代ちゃんはそんなの絶対喜ばないと思います……」

なんとか思い留《とど》まらせたくて、澪は必死に言葉を並べる。

すると、東海林は困ったように笑った。

「ありがとう、澪さん。……ただ、ここまで恨みを増幅させてしまった悪霊を鎮めるのは困難です。もちろん、放置はできない。他の方法なんてないんです。……どうか、わかっていただけませんか」

他に方法がないと言いきられてしまい、澪は口を噤《つぐ》む。けれど、引き下がるわけにはいかなかった。

澪は過去の記憶を辿《たど》り、これまでになんとか解決してきた数々の調査を思い浮かべる。もう無理だと心が折れそうになりながらも乗り越えてきた経験の中に、必ずヒントがあるはずだと。――そして。

「……私が、悪霊と会話してみるのは駄目ですか……？」

思いついた方法は、ひとつだった。

口にした瞬間、同時に二人から鋭い視線を向けられる。澪自身もまた、それがどれだけ無謀かよくわかっていた。けれど、霊と意思疎通ができることは、澪が唯一誇れる特別な力でもある。

「駄目に決まってるだろ。そもそもこんな奴と会話なんか成立しない」

次郎からはあっさりと却下されたけれど、ある意味想定通りだった。澪は引き下がらず、次郎を見上げる。

「もし諦《あきら》めるなら、東海林さんが犠牲になるしか方法がないんでしょう……？　無理かもしれないけど、やってみるだけでも……！」

「甘く考え過ぎだ。相手の間合いに入った瞬間にお前の魂は持っていかれ、体を盗《と》られて終わりだぞ。……ここは、長居しているだけでも危ない」

「そんな……！」

確かに澪自身、どんどん悪化していく息苦しさと酷《ひど》い頭痛を自覚していた。まだ明るいうちからこれだけ影響が出るのなら、無理だと一蹴《いっしゅう》した次郎の意見も否定できない。——けれど、そのとき。

唐突に、体がすっかり消えかけたマメのことが思い浮かんだ。

「っていうか……、近寄っただけで魂を持っていかれるってことは……」

「どうした？」

「もしかして、マメが消えかけているのって、この辺りをウロウロしているせいなんじゃ……」

一度浮かんだその可能性は、もはや否定しようがなかった。マメがこの近くに現れたのは事実であり、影響がないとはとても思えない。

しかし、次郎は肯定も否定もせず、黙って澪の目を見つめる。

その瞬間、次郎はとうにその可能性に気付いていたのだと、——澪が暴走することを見越して、あえて言わなかったのだと察した。

それは優しさだと、もちろんわかっている。けれど、そのときの澪には、心の中に広がりはじめたモヤモヤした感情を抑えることができなかった。

「……そんなに信用ないですか……？」

澪の勝手な行動により、何度も手を煩わせてきたこれまでのことを考えれば、次郎が隠すのは当然だと素直に思う一方、悲観的な気持ちが止められなかった。

それは、ひとたび口にしてしまったが最後、心の奥から次々と込み上げてくる。

「私だって……、必死で……。役に立たないかも、しれないけど……」

しかし、そのときの澪は、不満を口にしながらなにかがおかしいと思いはじめていた。

いつもなら抑えられるはずの弱気な言葉が、勝手にスルスルと零《こぼ》れてしまう。

やがて、思考だけでなく、視界までもがぼんやりしはじめた——そのとき。

「長崎くん、……澪さんはこの気配に当てられているようです。……一旦《いったん》ここから離れましょう」

「はい。……澪、摑《つか》まれ」

交わされた会話の意味もよくわからないまま、ふわりと体が浮く感覚を覚えた。

うっすらと開けた目に映るのは、森の風景と、次郎の背中。

——なんで、私、運ばれて……。

考えても、思考は止まってしまってなにも浮かんでこない。やがて限界を迎え、澪はゆっくりと意識を手放した。

目覚めたとき、視界に映ったのは見覚えのない天井。

ふと人の気配に気付いて視線を向けると、ベッドの横には、椅子に座ってタブレットを操作する次郎がいた。

「あれ……？　次郎さん、なんで……」

「……起きたか」

「あの、私……」

記憶を辿ってみたものの、墓地に着いてからの記憶は曖昧《あいまい》だった。なぜベッドに寝ているのかすら、まったく思い出せない。

「具合は？」

「大丈夫です、けど……」

混乱する澪を他所《よそ》に、次郎はタブレットから視線を外してほっと息をついた。

「ここは、廃寺から一番近いホテルだ」

「ホテル……？　なんでホテルに……」

「野宿か車中泊がよかったか？」

「いえ、あの……、そうじゃなくて、私、なんで寝てるんだろうって……」

「……お前、なにも覚えてないのか」

「えっと……」

「墓地の念に当てられて、倒れただろう」

そう言われた瞬間、断片的ながらも、脳裏に墓地での会話が蘇《よみがえ》ってくる。それと同時に、言い知れない不安が過《よぎ》った。

「そ、そうだ……、東海林さんは……？　悪霊を自分に封印するって話してたのは、夢じゃないですよね……？　あれからどうなったんですか……？」

突如ガバッと体を起こした澪を布団に押し返しながら、次郎は表情を曇らせる。

「よくも悪くも、話はなにも進んでない」

そう言われ、澪は重い溜《た》め息をついた。

徐々に覚醒《かくせい》していく頭で、なんの躊躇《ためら》いもなく自分を犠牲にしようとする東海林の淡々とした態度を思い返す。

「……大切な人が傍にいないと……、生きる価値って、そんなにもなくなっちゃうものでしょうか……」

無意識に零れた、本音の呟《つぶや》き。

ふいに、次郎が澪を見つめる。

「私はまだ身近な人が亡くなった経験がないですし、わかったようなことを言うなって思われるかもしれないけど……。だけど、あんなにも平然と……」

東海林の決断を思うと、胸が苦しかった。ただ、もし自分なら、と。東海林の立場を想像してみても、答えはわからない。

すると、黙って聞いていた次郎が、ふいに口を開いた。

「言っておくが……、俺も東海林さんを生贄《いけにえ》にするような後味の悪い作戦には反対だ。

……とはいえ、お前が考えた無茶な作戦も賛成できない」

「でも……！」

「聞け。……ただ、なにもしなければ間もなく封印は破られ、いずれにしろ東海林さんは狙われる。とはいえ、恨みをこじらせた悪霊が、東海林さんの中に収まり切れる保証もない。……失敗すれば、能力者の魂まで食った悪霊なんて、もはや手の施しようがなくなる」

「そんな……」

「……だから、東海林さんの体を使わず、悪霊を鎮める方法を考えるべきだと思ってる。……残念ながら、策は浮かんでないが。……それに、悪霊をどうにかする前にすべきことが――」

次郎がなにかを言いかけた瞬間、突如、ノックの音が響いた。

次郎が戸を開けると東海林が顔を出し、澪を見るとほっとしたように微笑む。

「澪さん、よかった。……倒れるまで気付いてあげられず、申し訳なかったね」

「いえ！　私の自己管理の問題ですから……！　心配かけて、本当にすみませんでした……」

自分で口にした自己管理という言葉で、ふいに胸が痛んだ。同時に、次郎に訴えた「そんなに信用ないですか」という言葉が頭を巡る。自分の状態すら把握できないような人間を、どうして信用できるだろうかと。

俯《うつむ》くと、東海林はまるですべてを察しているかのように、澪の傍に座って頭を撫《な》でる。

――そして。

「長崎くん、『悪霊をどうにかする前にすべきこと』とは、マメを避難させることでしょう？」

次郎に、そう問いかけた。どうやら、澪たちの会話は聞かれていたらしい。

「……はい。マメもですが、娘さんを。……まずはマメたちの目的を突き止めて、ここから離れさせないと」

「そうですね。……澪さん、マメを助けてやりましょう」

宥《なだ》めるような優しい言い方が、少し辛《つら》かった。まるで、一番肝心なことから目を逸《そ》らすよう誘導されているようで。

とはいえ、なんの策も浮かんでいない今、抗《あらが》ったところで墓地でのやりとりを繰り返すだけだと、さすがにわかっていた。

再び俯くと、東海林は突如声色を明るくし、ドアの奥を指差す。

「澪さん、具合が良くなったのなら、隣のリビングで作戦を立てませんか？」

「リビング……？　えっと……ここって、ホテルでは……」

思わぬ単語を聞き、澪は首をかしげた。

すると、東海林は立ち上がって戸を開け放つ。

「リビングの他にも、部屋が三つあります。本来は三人別々の部屋を取る予定でしたが、打ち合わせも必要ですし、この方が都合がいいかと。それにしても、スイートルームなんて初めて入りましたが、豪華ですね。美しい調度品がいろいろと――」

「スイートルーム……？」

ふたたび耳に入った嘘のような言葉に、澪はポカンと口を開けた。

すると、次郎が肩をすくめる。

「東海林さんは、このホテルチェーンの株主らしい。あらかじめ、部屋を取ってくれてたんだ」

「はい……？　か、株主……？　こんな立派なホテルの……？」

もはや、理解が追いつかなかった。

ただ、改めて見れば澪が寝ている部屋はやたらと広く、真ん中にキングサイズのベッドが置かれただけの贅沢《ぜいたく》な空間だった。

それだけでなく、窓の外には広いベランダと大きなガーデンソファが見え、奥には高原の美しい風景が広がっている。明らかに、一般的なホテルの部屋とは一線を画していた。

「株はなかば趣味です。私が株を持っているホテルチェーンがこんなところにも展開しているなんて、幸運でした」

「だ、だからって……、こんな豪華な部屋を……？」

「株主優待券が使えましたしね。ここまで広い部屋を望んではいませんでしたが、ホテル側のご厚意で」

それは、東海林の謎がさらに深まった瞬間だった。

次郎は、いつまでも呆然《ぼうぜん》とする澪を、視線でリビングへと促す。

「そういうわけで、野宿じゃなくてよかったな」

「か、格差が……」

リビングへ足を踏み入れると、十人は余裕で座れそうなソファが置かれ、さらに奥には豪華なテーブルセットが見える。

テーブルには小さなタルトやフルーツが並べられた皿と、ワインクーラーにセットされたシャンパン。ウェルカムドリンクにしてはいかにも高価そうで、澪はクラッと目眩《めまい》を覚えた。

「スイートルームに入ることなんて一生ないと思ってたのに……、まさか、こんなタイミングで……」

「まあ、調査にはそぐわないかもしれませんが、今回は業務外と聞きましたし、少しはリラックスできる場所があってもいいでしょう？　結界はすでに張り終えましたから、安心してくださいね」

「は、はい……、ありがとう、ございます……」

「……澪、そこに座れ。そろそろ計画を練る」

澪は次郎に背中を押され、ソファに腰を下ろす。

想像以上に柔らかい座面にバランスを崩し、慌てて肘《ひじ》置きを摑《つか》む澪を、東海林が可笑《おか》しそうに笑った。

そして、東海林も腰を下ろすと、早速口を開く。

「さて……、マメですが、さっきは気配がなかったので、身を潜めていたのかもしれません。できれば、合流して保護したいところですが……」

「でも、前に見たときは逃げられてしまったので……」

「そうでしたね。……逃げた理由は澪さんを巻き込みたくないからだと思いますが……、いかんせん目的が謎なので、一度姿を見たいですね。会えば、なにか伝わるものがあるかもしれない」

「はい……」

「では、夜にもう一度向かい、マメたちを捜しましょう。夜の方が危険ですが、霊たちにとっては身動きが取りやすい時間ですから。今度は佳代の墓にはあまり接近しないよう、できるだけ遠巻きに気配を探ります。……とはいえ、もう少し万全な準備をしていかなければなりませんね。お札一枚では心許《こころもと》ない」

東海林は淡々と話を進め、あっという間に夜の計画を決めた。

簡潔に終えようとしているのは、おそらく、倒れた澪を気遣ってのことだろう。ただ、澪は東海林の説明に相槌《あいづち》を打ちながら、封印が破られようとしている件に触れようとしない不自然さを覚えていた。

このままでは、東海林の計画通り救いのない結論へと向かってしまう。

けれど、今の澪には、次郎が考えているという悪霊を鎮める方法に縋《すが》ることしかできなかった。

なにより、今はマメと佳代を保護することに集中する必要がある。

すぐに冷静さを欠いてしまう自分を抑えるため、澪はゆっくりと深呼吸した。

ふたたび墓地へ向かったのは、二十二時を過ぎた頃。

ポケットには、東海林からお守りにと渡された、人を象《かたど》った紙が入っている。いわゆる式神と呼ばれるもので、東海林の守護霊が宿っているらしい。

ただ、そんな式神を身につけていてもなお、日が暮れた墓地は、昼とは比べ物にならないくらいに不穏な空気に包まれていた。

「澪、これを持ってろ」

そんなとき、ふいに次郎から渡されたのは、小さな細長い金属。

お札だろうと思い込んでいた澪は、そのひんやりした感触にまず驚く。暗い中、目をこらすと、どうやらネクタイピンのようだった。

すかさず、澪の脳裏にひとつの記憶が蘇《よみがえ》る。

「これ……、一哉さんの……」

それは、次郎がずっと持っていた一哉のネクタイピンに間違いなかった。

いつだったか、不自然な壊れ方をして危険を知らせてくれた不思議な出来事を、澪は印象的に覚えている。

「折れた箇所は修理した。……それも、式神のようなものだ」

「私が持っていていいんですか……？」

「駄目押しだが、お守りは多いに越したことはないだろ」

澪は頷《うなず》き、ネクタイピンをぎゅっと握った。その途端、重苦しかった空気がわずかに緩む。

「……すごい。息のしやすさが全然違う……」

思わず呟《つぶや》くと、次郎はほっとしたように頷いた。

しかし、同時に東海林のため息が響く。

「……残念ながら、見当たりませんね」

東海林が言う通り、墓地の敷地の外周をぐるりと歩いてみたものの、マメたちの気配はどこにもなかった。

東海林がそう言うのならば、疑う余地はない。おそらく、まだ身を潜めているのだろう。

簡単に見つけられるなんて思ってはいなかったけれど、手応《てごた》えがないとなんだか不安になり、澪は肩を落とした。

「私たちが来てることに気付いたんでしょうか。……だけど、それじゃ見つけようが…

…」

「相手は動物だからな。人よりも圧倒的に感覚が鋭いし、本気で隠れようと思えば気配すら消せる。……よほど俺らに会いたくないらしい」

「私も動物を捜すのは初めてですが、想像よりもずっと難しそうですね。……まともにかくれんぼをしても、とても敵《かな》いそうにない」

「そんな……」

二人の言葉に、希望がさらに削られていく。

「あ、あの、もう一周だけしませんか……？」

焦りに突き動かされてそう口にすると、東海林はゆっくりと首を横に振った。

「澪さん、気持ちはわかりますが、マメたちに出てくる意思がないなら無意味です。……一度戻って、作戦を練り直しましょう。いくらお札や式神に守られていても、この空気の中で長居すれば精神を削られます」

東海林の言葉には重みがあり、従わないわけにはいかなかった。澪が頷くと、東海林は本堂の方へ足を向ける。

「……まだ初日だろ。焦るな」

道すがら、次郎に宥《なだ》められて渋々頷いたものの、澪は心の中に渦巻くジレンマを処理しきれないでいた。

「焦っても意味がないってわかってるのに、傍にいるかもしれないと思うともどかしいんです……。そうだ、次郎さん、早くカメラを仕掛けましょう……。マメが映るかもしれないですし……」

カメラを使う調査は、第六にとって基本中の基本であり、主力の方法と言っても過言ではない。

しかし、意外にも次郎は首を横に振った。

「……マメは俺らの調査のことを知り尽くしてる。みすみすカメラに映り込むようなヘマはしないだろ」

確かに、次郎の言う通りだった。第六の機材を使ってしまえば、マメはすぐに勘付き、しばらく身を潜めてしまうかもしれない。

しかし、ならいったいどうすればいいのか、澪にはもはや見当もつかなかった。

「気配を消せる上にカメラにも映らないなんて、難しすぎませんか……。そんなのどうやって……」

「……それを今から考えるんだろ」

「そうですけど、どこにいるかもわからないってなると……」

ずっと仲間として一緒に調査をしてきたことが仇《あだ》になるなんて、あまりに皮肉だった。

正直、方法があるとはとても思えず、澪はがっくりと項垂《うなだ》れる。——しかし。

「いっそ、GPS付きの首輪とかが着けられたら楽なのに……。そしたら、遠くからでも居場所がわかるし、動きがわかれば目的だって予想できるし……」

つい心の声を零《こぼ》した瞬間、――前を歩いていた東海林が、ふいに振り返った。

幼稚なことを言ってしまったと、澪は途端に我に返る。

「す、すみません……、ただの妄想で……」

しかし、東海林の表情は真剣だった。呆《あき》れられたと思い込んでいた澪は、その意外な反応に首をかしげる。――そして。

「ありますね。……それこそGPSのように、近寄ることなく動きを知る方法が」

思いもしない言葉に、目を見開いた。

「え……？　あの、それって」

「澪さん、よく閃《ひらめ》きましたね。さすがです」

「は、はい……？」

わけがわからない澪を他所《よそ》に、東海林はずいぶんスッキリとした表情で澪たちに笑いかける。そして、ふたたび歩きはじめた。

「まずはホテルに戻りましょう」

澪と次郎は顔を見合わせ、ひとまず東海林の後に続く。

まだなにも聞いていないというのに、心の中では、すっかり消えかけていた希望がじわじわと色を取り戻しはじめていた。

「――式神で、網を張る……？」

ホテルへ戻ったのは、ちょうど日をまたいだ頃。

東海林は澪たちをソファに座らせ、奇想天外な作戦を口にした。

「ええ。ご存じかと思いますが、式神にはいろいろな使い方があります。中でも、二枚を一組とし、片方に異変が起こるともう片方がなにかしらの反応を示す作用を利用して、なにかを見守る方法が、能力者の中ではもっとも知られています」

「それって、次郎さんも前に使ってましたよね……？」

「ああ。そう珍しい術じゃない」

「それは話が早いですね。式神をうまく使えば、特定の気配に絞って反応させることもできます」

そこまで聞いて、澪は東海林の作戦を察した。

たちまち目を輝かせた澪に、東海林は優しく微笑む。

「お気付きの通り、たとえばマメの気配に反応する式神を墓地の周囲に仕込んでおき、その片割れを手元に置いておけば、離れていても、マメがどこに現れたのかすぐにわかります」

「すごい……！」

澪は高揚し、思わず立ち上がった。

しかし、東海林はわずかに表情を曇らせる。

「ただ——、問題もあります。マメの気配に反応させるならば、式神に、マメに由来するなにかの一部を仕込む必要があります。……たとえば、生前の愛用品など」

「生前のもの、ですか……」

澪は、生きていた頃のマメを知らない。出会ったときにはすでに霊となり、彷徨《さまよ》っていたからだ。

主人は亡くなっているし、マメが暮らしていた八王子の家はもうない。

無理だと、澪はがっくりと肩を落とす。――けれど、東海林はそんな澪の肩にそっと触れた。

「澪さん、落ち込まないでください。マメの物がないのなら、……これが」

そう言って東海林が内ポケットから取り出したのは、年季の入ったいくつかの折り鶴だった。

それは、かつて東海林が佳代のために折ったもの。東海林がこの調査に同行したいと申し出たとき、その中のひとつに佳代の魂が込められていることを知った。

「それって、佳代ちゃんの……」

「この折り鶴には、すべて佳代の願い事が書かれているんです。そして、私が佳代の魂を込めた折り鶴と、常に一緒にいました。これなら、佳代の気配だけに反応する式神が作れるでしょう」

「でも、そんな大切なものを……」

「終わればすべて回収しますから、問題ありません。……ただ、姿を見ていない以上、マメが同行している魂が佳代であると断言できませんし、違った場合は網の役目を果たせません。……けれど、試してみる価値は十分にあるかと」

「東海林さん……」

東海林が言う通り、市松人形の中に宿っている魂が佳代のものである確証はまだない。

ただ、逆に言えば、これに反応があれば確定となる。

澪は、この作戦にすべてを託そうと思った。

頷《うなず》くと、東海林は折り鶴を大切そうに内ポケットに仕舞う。

「では、実行は明日ですね。朝のうちに式神を仕掛け、反応が出るまで待機しましょう。もうこんな時間ですが、澪さんは消耗しているはずですから、できるだけ睡眠を取ってください」

「わかりました……」

打ち合わせを終え、澪たちはリビングを後にしてそれぞれの部屋へ戻る。

ベッドに寝転がると、たちまち疲労感に襲われた。東海林が言う通り、悪霊の気配に当てられたことによって、自覚する以上に消耗しているのだろう。

ただ、そうだとするなら、自分よりもマメの方がずっと心配だった。

マメがあまり現れなくなってから、ずいぶん経つ。その間ずっとこの辺りにいたのだとすれば、すでにかなりのダメージが蓄積しているはずだ。

にもかかわらず、マメは澪の危機に駆けつけてくれた。おそらく、ここにいながらも、いつも澪のことを気にかけてくれていたのだろう。

もっと早く気付いてあげられていればと、後悔が拭《ぬぐ》えない。

――今度は、私が助けてあげるから……。

たとえ拒絶されても、と。

澪は改めて心に誓った。

そのとき、ふいに、サイドテーブルに置いた携帯がメッセージの受信を知らせる。

こんな時間に連絡してくるのはおそらく晃だろうと、何も考えずにディスプレイを見た瞬間、澪は目を見開いた。

そして、勢いよく立ち上がってベランダに出る。

「次郎さん……！」

ベランダにいたのは、次郎。携帯に届いていたのは、「ベランダに出られるか？」という次郎からの連絡だった。

次郎は澪を見ると、呆れたように溜《た》め息をつく。

そして、次郎の部屋に繋《つな》がるガラス戸を開けると、中からブランケットを手繰り寄せて澪に投げた。

「お前には、致命的なくらい冷静さが足りないな」

「す、すみません……」

ブランケットにくるまりながら、澪は今さら外の空気の冷たさに気付く。

次郎は手すりに背中を預け、ゆっくりと口を開いた。

「……東海林さんを止める方法を考えてた」

その言葉で、たちまち鼓動が速くなる。

東海林は、昼間以降その話題に触れようとしないけれど、自分の中に悪霊を封印する計画はまだ確実に生きている。

「止める、方法……」

「悪霊のことは、ひとまずマメたちを保護してから考えるような口ぶりだったが、娘の魂を集めて成仏させた後の身の振り方について、東海林さんはすでに揺るぎない計画を立てている気がする。……そもそも自分が封印した悪霊となると、そう考える気持ちもわかるが……、澪に言ったように、俺はそんな結末にはしたくない」

「次郎さん……」

もちろん、澪も同じ気持ちだった。

ただ、すでに揺るぎない計画を立てているという次郎の予想には、妙な説得力があった。高い能力と深い知識を持つ東海林が立てたマメを保護するための計画は完璧《かんぺき》だったし、それと同じように、もうすべての手筈《てはず》を整えている可能性もある。

澪の心に、みるみる不安が広がっていった。

おそらく、次郎も同じ気持ちなのだろう。表情からは、いつものような余裕が感じられない。

「東海林さんは頑《かたく》なで、澪には暴走癖があるとなると、少なくともどっちかが事故る気しかしない。……だから、せめてお前にだけは念を押しておく」

「…………」

「頼むから、暴走するなよ。なにがあっても、一旦《いったん》冷静になれ」

「わかりました……。けど、本当に信用ゼロなんですね……。そりゃ、自分でも短所だってよくわかってますけど……」

言われて当然だと反省したばかりだけれど、こう何度も言われるとさすがに気が滅《め》入《い》り、澪はがっくりと項垂《うなだ》れた。――しかし。

「短所だなんて言ってないだろ」

予想もしなかった言葉をかけられ、思わず顔を上げる。

「え……？」

「感情のままに動ける人間はあまりいない。前にも言ったが、いい方向に作用したこともある。――ただ、今回だけは、いつも以上に気を付けてくれ。あれ程の強い霊障を前にして、すべてに注意を払うのは俺も無理だ。だから、些《さ》細《さい》な疑問も、無意味に思えることも、すべて相談しろ。……頼むから」

付け加えるように口にした「頼むから」という言葉が、胸に響く。

わざわざベランダに呼んだ理由はただの忠告ではなく、心から心配してくれているのだと、鈍い澪にも伝わっていた。

「墓地にいる悪霊は、洒落《しゃれ》にならない。まだ封印が破られてもいないのに、お札がほとんど通用しないくらいだ。もし破られてしまえば、東海林さんは狙われ、無事ではいられない。もはや敵《かな》わないと、……あえて自分に誘い込んで封印するしかないと、霊能者ならそういう答えを出すだろう。……だが――」

「……絶対止めなきゃ、ですよね」

途切れた続きを次郎の代わりに口にすると、次郎はハッと我に返る。

そして、深く頷いた。

「策はまだなにもないが……、協力してほしい」

「そんなの、聞くまでもないです……。暴走しないよう、できる限り気をつけます。……それでも駄目なら、いっそ気絶させてください」

「気絶……」

澪としては大真面目に言った言葉だったけれど、次郎は面食らっていた。そして、少し気が抜けたようにほっと息をつく。

「それにしても……、想像していたよりもずっと大ごとになったな」

「確かに。……だけど、考えようによっては、そんなに最悪な展開じゃないかもって思います。すべてが上手《うま》くいけば、マメは戻ってくるし、佳代ちゃんと東海林さんは再会できますから。……なにもかもバラバラの未来だって、あり得たかもしれないのに」

「……最大限に上手くいけばな」

「上手くいかせましょう。……私は、どうしても……」

「ん？」

「マメに、会いたいです……」

思わず零《こぼ》してしまった願いが、自分で思う以上にしんみりと響く。

こうもたびたび落ち込んでいてはいい加減呆《あき》れられてしまうと、慌てて取り繕おうとしたものの、胸が詰まって言葉が出ない。

しかし、次郎は思いのほか穏やかな表情で、ゆっくりと頷いた。

「あいつだって、お前の傍に戻りたがってるだろ。……多分」

まさか慰められるとは思わず、澪は次郎を見上げる。照れ隠しのような「多分」が、少しこそばゆい。

「なんか……、今日、優しくないですか……？」

「は？」

「業務外だから……？」

首をかしげると、次郎は今度こそ呆れた表情を浮かべ、澪に背を向けた。

「話は終わりだ。明日は忙しいからもう寝ろ」

「あ、ちょっ……」

もう少し話していたかったという本音はさすがに口に出せず、自分の部屋に入っていく次郎の後ろ姿を見ながら、澪は溜め息をつく。

すると、ふいに次郎が振り返った。

「鍵《かぎ》閉めろよ。また変な奴に侵入されるぞ」

「こ、こんな高層階に……？」

「……一応だ」

次郎は言葉を詰まらせ、決まりが悪そうに部屋へと入っていく。

澪は思わず笑い声を零し、部屋へ戻ると、言われた通りに鍵を閉めた。

そして、ベッドに寝転がり、明日は勝負の日になるかもしれないという覚悟を胸に目を閉じる。

不安を言い出したらキリがないけれど、東海林が施した結界のお陰で部屋の空気は清々《すがすが》しく、眠りにつくまではあっという間だった。


翌日、澪たちは東海林が作った十組の式神を持ち妙恩寺へやってきた。

東海林は本堂の裏に一枚の大きな紙を広げる。そこには、妙恩寺の敷地から墓地の周辺までの簡単な地図が描かれていて、格子状に引かれた線でエリア分けされ、それぞれ一から十までの数字が振られていた。

「式神にも数字を振っていますので、地図の番号に倣って各エリアに式神の片割れを配置します。すると、もう片割れに反応が出たとき、その数字のエリアに佳代が現れたということになります」

東海林の考えた作戦は、完璧だった。

澪はただただ感心しながら、地図の上に並べられた式神を見つめる。

「なるほど……。すごくわかりやすいです……。霊能者って、本当にすごいんですね……、まるで魔法みたい……」

「いえ、霊能者はもう廃業していますから。それに、大切なものをなにひとつ守れない霊能者など、なんの価値もありません」

東海林は、感情の読めない淡々とした声でそう言った。

澪はもどかしい気持ちを抱えながら、口を噤《つぐ》む。

すると、次郎は携帯で地図の写真を撮り、式神の片割れを持って立ち上がった。

「式神は俺と澪で仕込んできます。東海林さんはここにいてください」

「助かります。……ただ、まだ明るいとはいえ危険ですから、十分にお気を付けくださいね」

「はい。……澪、行くぞ」

「はい……！」

澪は頷《うなず》き、次郎の後を追った。

まずは墓地へ行き、地図を見ながら敷地の周囲の東西南北に一から四までの式神を仕込む。

式神には大切な折り鶴が仕込まれているため、動物に傷つけられないようにと、なるべく高い枝を選んで結びつけた。

その後、墓地までの獣道に五から八を、そして、妙恩寺の敷地内の住居と宝物庫の跡地に九と十を配置した。

すべてを終えたのは、昼過ぎ。東海林の元へ戻ると、拠点とした場所一帯は、小さな杭《くい》に麻紐《ひも》を通した簡易的な柵《さく》で囲われていた。麻紐には、等間隔にお札が結びつけられ、おそらく結界だろうと澪は察する。

それは、いつも澪たちが使うような、お札を円状に並べたものと比べてずいぶん本格的だった。ただ、そんなことよりも、この短い時間で準備を終えてしまっていたことに澪は驚きを隠せなかった。

「東海林さん……！　杭を打ったりとかは、私がやりますから……！」

「やあ、お帰りなさい。こんな小さな杭を打つくらい、平気ですよ。そんなに老人扱いしないでください」

「そういうことじゃなくて……。式神だって全部用意してもらったし、少しは休んでもらわないと……」

「ありがとう。ですが、手を動かしていないと落ち着かないんです」

穏やかに笑う東海林に、澪の胸がチクリと痛む。顔には出さないけれど、きっと本音なのだろう。

「……反応、あるといいですね」

「ええ。……本当に」

東海林の声が、静かな森へ吸い込まれていく。

この切実な思いが佳代に届いてくれればいいのにと、澪は、そう思わずにいられなかった。

準備がすべて終わった後、拠点には次郎によってテントが張られ、毛布や寝袋が持ち込まれた。

朝までここで式神の反応を待つことに決めたのだろう。

澪もまた、同じ気持ちだった。

夕方になると、次郎は暗くなる前に水や食料を買い出しに行くと言って拠点を離れ、澪は東海林と留守番をしながらぼんやりと地図を眺める。

「せっかくのスイートルームなのに、ちょっと勿体《もったい》ないですね」

「澪さんは、これからいくらでも機会がありますよ」

「まさか。……周りはお金持ちだらけですけど、私は庶民ですから」

突如はじまった雑談は、緊張を紛らわせた。その上、話題はいつも顔を合わせる面々のこと。

皆の顔を思い浮かべて思わず笑い声を零す澪に、東海林もリラックスした様子で言葉を続ける。

「確かに、澪さんの周囲にはそうそうたる顔ぶれが揃っているようですね。溝口くんから聞きましたが、ときどき第六さんのオフィスに出入りされている外国の方は、世界のホテルグループの御曹司なのだとか。澪さんとても仲良しだと」

「ああ、それはリアムのことですね」

リアムの屈託のない笑顔を思い出すと、頬がさらに緩んだ。東海林は話の続きを促すかのように、黙って微笑む。

「リアムは確かにスーパーセレブですけど、田舎でのびのび育ったって言ってましたし、あまり遠い存在だって感じがしないんです。すごく優しくて面白くて、ちょっと変で……、私なんかにも友達みたいに接してくれますし。……ただ、金銭感覚は圧倒的におかしいんですけどね。そういえばセレブだったって、ときどきハッとします」

「第六さんのオフィスからは、ときどき笑い声が聞こえます。リアムさんも含め、きっと良い仲間に恵まれているのでしょうね。澪さんの表情を見ていたら、よくわかります」

「皆、びっくりする程非常識なときもあるので、たまに引きますけどね。でも……、仲間って思ってくれていたら嬉《うれ》しいです……。第六に関わる人たちのことが大好きなので……」

改めて皆のことをどう思っているかを考えたことはなかったけれど、ごく自然に大好きだと口から出た瞬間、澪ははっきりと気持ちを自覚した。

そして、今はあの賑《にぎ》やかさが少し恋しい。

「……それは、きっと皆さんも同じ気持ちでしょう。あなたといると、不思議と心が穏やかになりますから」

「そんなこと……。きっと落ち着きがないって思われてるだろうし」

「いいえ、本当に」

そうだといいのにと、澪は思う。――そして。

「東海林さん、……私にとっては、佳代ちゃんも仲間ですよ」

なぜだか、それだけはどうしても言わなければならない気がした。

途端に、東海林の瞳《ひとみ》が揺れる。

「だから……、私にも、東海林さんの娘さんってことだけじゃなく、佳代ちゃんを助けてあげたい理由がちゃんとあるんです。なので……、東海林さんはなにもかも一人でやらなきゃって思わないでくださいね」

「澪さん……」

「とはいえ……、私には東海林さんみたいな凄《すご》いことはなんにもできないんですけど……、た、体力なら多少は……」

自分で言っておいてなんだか情けなくなり、語尾がどんどん小さくなる。

すると、東海林は嬉しそうに頷いた。

「ありがとう。……魂がバラバラになった佳代は、自分のこともよくわからないまま、どれだけ寂しく辛《つら》い思いをしているだろうと思っていたけれど……、仲間がいたなんて、親としてこれ以上ない幸せです。佳代があなたと出会ってくれてよかった。……本当によかったです」

東海林は、父親の表情をしていた。なんだか胸が詰まり、澪は黙って頷く。――そのとき。

地図の上に置いた式神のひとつが、ふいにカサッと音を立てた。

東海林はすぐに式神を見つめる。その視線は、さっきとは別人のように鋭い。

動いた式神に振られていた番号は、五。墓地まで続く獣道の、東側の奥に配置したものだ。

その後も、五の式神は、まるで手を振っているかのようにカサカサと動いた。十枚の式神が並ぶ中、ひとつだけが動く様子はとても奇妙だった。

「……これって、現れたってこと、ですよね……？」

澪は、東海林を見つめる。

東海林の額には、じわりと汗が滲《にじ》んでいた。そこに、いつもの落ち着き払った余裕は感じられない。

ただ、それは無理もなかった。

式神が動いたということは、ここに彷徨《さまよ》っているのが佳代の魂だと確定したことになる。

ほぼ間違いないと思ってはいたものの、何十年も探し求めた魂の存在をようやく感じられたのだから、東海林が冷静でいられるはずがなかった。

「東海林さん……」

澪は、かすかに震える東海林の背中にそっと触れる。

すると、東海林はハッと我に返り、額に滲む汗を拭《ぬぐ》った。

「すみません、私としたことが」

「……どうして謝るんですか。……佳代ちゃん、見つかりましたね」

「ええ。――ええ」

東海林は自分に言い聞かせるかのように、深く頷く。

その様子は、胸に込み上げるものがあった。

そんな中、五の式神は次第に動きを弱め、今度は六の式神が動きはじめる。

どうやら、移動しているらしい。六を設置したのは、獣道の東側手前。澪達の拠点からも近い。

もちろん澪も冷静ではいられず、今すぐにでも駆け寄りたい衝動に駆られたけれど、マメたちの目的を知るためだと必死に気持ちを抑えた。

そんなとき、次郎がテントに戻り、ただならぬ空気から事態を察したのか、早速式神を見つめる。

そして、六の式神が動く様子を見るやいなや、小型のカメラで録画をはじめた。

「……思ったよりも早いな。どう動いた？」

「まだ、五から六に移動しただけです……」

「獣道を墓地からこっちに向けて動いただけか。……五にはどれくらいいた？」

「十分くらいだと……」

「十分？」

澪が答えると、次郎は眉《まゆ》を顰《ひそ》める。その表情を見て、澪はふと違和感に気付いた。

通過するだけなら何分もかからないはずなのに、マメたちは五のエリアで十分もいったいなにをしていたのだろう、と。

そして、六の式神もまた、動きはじめてからすでに五分以上が経とうとしている。

やがて、六の式神が動きを止めると、今度は八の式神が動きはじめた。

「八は獣道の西側手前ですね……。なんか、ウロウロしてるみたいですけど……」

正直、マメと佳代の動きは不可解だった。次郎も東海林も首を捻《ひね》る。

その後は、獣道の西側奥に配置した七の式神が反応し、次に、墓地の敷地の外周に配置した一から四の式神が順番に反応した。

さらに、マメと佳代はふたたび五と六を通過すると、今度は九の式神を配置した住居跡へ移動する。

それは、拠点から一番近いエリアだった。

ひと目でいいから姿を見たくて、澪は必死に目を凝らしたけれど、日が落ちて真っ暗な中、ただでさえ姿が薄くなったマメの姿を見付けることはできなかった。

そして、反応を始めて三時間近くが経過した頃、突如、式神の動きがぴたりと止まる。

しばらく待ってみたものの、その後はどの式神も動くことはなかった。

「……止まっちゃいましたね」

澪が呟《つぶや》くと、東海林と次郎が同時に頷《うなず》く。ただ、二人とも式神から目を離そうとはしない。

そのまま、ひたすら待ち続けることさらに二時間。

とうに日をまたぎ、澪の集中力はついに切れ、意識がぼんやりしはじめた。

夜中にもう一度現れるかもしれないと思うのに、瞼《まぶた》は鉛のように重い。

一瞬でも気を抜けば意識が飛んでしまいそうなギリギリの状態の中、澪は必死に式神に目を凝らす。――しかし、ふいに肩をそっと押され、澪は抵抗できないまま後ろに倒れ込んだ。

背中に寝袋の柔らかい感触を覚え、そのあまりの心地よさに、起き上がる気力があっさりと失われる。

おそらく、今にも眠ってしまいそうな澪を見かねて、次郎が寝かせたのだろう。

抵抗を諦《あきら》めた途端、途切れかけた意識の中で東海林の笑い声が響いた。

「まるで電池切れですね。ずいぶん集中していましたが、突然プツンと途切れてしまった」

「いつものことです。……本当に困る」

「はは。……さほど困っているような口調には聞こえませんが。それにしても、長崎くんがこうも人に構う姿は少し意外でした。……出会った頃に比べると、なんだか人間らしくなりましたね」

そのときの澪は、もはや聞こえてくるやり取りが現実なのか夢なのかすら判断できないくらい朦朧《もうろう》としていた。

けれど、自分のことを話題にされているという緊張感が、意識をギリギリのところで繋《つな》ぎ止めている。

「……自分では、よくわかりません」

「そうですか？ ずいぶん可愛がっているように見えます」

「…………」

次郎がからかわれる姿は、珍しい。

やはりこれは夢なのだと、澪は思った。ただ、たとえそうだとしても、次郎はなんて答えるのだろうかと、気になって仕方がない。

しかし、澪の意識はとうとう限界を迎えようとしていた。――そして。

「こいつは、一哉の恩人ですから。……それに、俺は――」

途切れてしまった次郎の声を最後に、澪はついに眠りに落ちる。

ただ、続きを聞きたかったという気持ちを掻《か》き消すくらいの勢いで、恩人だと口にした次郎の穏やかな声が、心の奥にいつまでも余韻を残していた。

　目覚めたのは、すっかり日が昇った頃。

　まぶしさに薄目を開けると、ふいに東海林がテントを覗《のぞ》き込んだ。

「よく眠れましたか？」

「えっ……と、私……」

「一度ホテルに戻りましょうか。朝食を用意してもらっていますから。……澪さんはもっと食べないと疲れが取れませんよ」

　東海林はそう言ってテントの端に転がる携帯食料を指差す。

「え、あ……、これは……」

「さあ、準備ができたら行きましょう」

　これはマメの好物なのだと言いかけたものの、東海林の姿はすでになかった。澪は携帯食料をポケットに突っ込み、怠《だる》い体を無理やり起こす。

　携帯を見ると、時刻は八時過ぎ。さすがに寝過ぎてしまったと焦りが込み上げ、慌ててテントを出た瞬間に次郎とぶつかり、澪は額を押さえた。

「騒がしいな、朝から」

「……お、おはようございます……。ってか、こんな時間まで寝ちゃってすみません……」

「いいから、寝られるときに寝てろ。それに、式神にはあれ以来反応はなかった。……とりあえず、今からホテルに戻って昨晩の考察をするぞ。夕方また来るから貴重品以外は置いておけ」

「は、はい……！」

澪は荷物を取りにテントへ戻り、すでに山門の方へ向かいはじめている次郎たちを追った。

けれど、ふと思い立ち、澪はさっきポケットに入れた携帯食料を取り出す。そして、墓地へ続く獣道の入り口まで急いで走り、木の根元にそれをそっと置いた。

「……おなかすいたら、食べてね」

声が届くなんて期待しているわけではなく、ただの自己満足だった。

澪は、しんと静まり返った森を見つめ、くるりと踵《きびす》を返す。――そのとき。

ひやりと、足首に冷たいなにかが触れた。

「っ……」

とても嫌な感触だった。

まるで、人の手に摑《つか》まれているかのような。

たちまち恐怖が込み上げ、心臓が鼓動を速める。澪は強《こわ》ばった体を無理やり動かし、恐る恐る自分の足首に視線を向けようとした――けれど。

「澪さん」―

ふいに名を呼ばれ、足首の感触がスッと消えた。

慌てて周囲を確認しても、なんの気配もない。

動揺を抑えられないまま顔を上げると、神妙な表情を浮かべる東海林と目が合った。

「東海林さん……」

「なにかありましたか？」

「えっ……と……、今、足首になにかが触れたような……」

「……森にはいろんな霊がいます。危険ですから、一人にならないように」

「はい……」

澪は頷き、東海林に続いて足早にその場を後にする。

ただ、確かに軽率だったと反省する一方で、澪の心には形容しがたい違和感が渦巻いていた。

足首に奇妙な感触を覚える前、霊障はなにも感じられなかったし、そもそもお札も持ち歩いている。

なにより、摑まれた箇所からは、恨みや念どころか感情ひとつ伝わってこなかった。

それどころか、奇妙なくらいに不自然さを覚えず、まるで、当たり前に自分の持ち物に触れているかのようだとすら思った。

そんな経験は、これまでにない。次第に澪は、気のせいだったのではないかと思いはじめる。

「澪さん……？」

「あ、……いえ、すみませんでした……」

東海林に不思議そうな視線を向けられ、澪は首を横に振った。そして、ひとまず忘れようと思った。


ホテルに戻ると、澪たちは早速式神の反応を記録した映像を倍速で流しながら、マメたちの動きを考察した。

ただ、獣道に現れてからの動きはまったく規則性がなく、墓地の外周を何周もしたかと思えば宝物庫や住居跡の辺りに現れたりと、それをひたすら繰り返す一方だった。

ごくたまに、どの式神にも反応がない時間があったけれど、ほんの数分に過ぎない。少なくとも遠くへ移動したような感じではなく、式神でカバーしきれなかった場所を同じようにウロウロしているのだろうと考えられた。

マメの行動を記した地図にはひたすら線が増え、重なっていく。

「この行動に、なんの意味があるんでしょうか……」

澪はあっという間に真っ黒になった地図を見ながら、ため息をついた。

「行動範囲はずいぶん狭いな」

「実は見張られてることに気付いていて、攪乱《かくらん》させてるとか……」

「さすがにそこまで複雑な思考回路はないだろ。それに、東海林さんが張った結界の中にいる俺らに気付くとは思えない」

「そうですよね……」

動きを追ったところで、ますます混乱する一方だった。澪はソファの背もたれに脱力し、天井を仰ぐ。

「ただ……、東海林さんが言ってた通り、佳代ちゃんのお墓には近寄ってないみたいでしたね。墓地の敷地の周りは何度もウロウロしてたけど……」

「ええ。近寄れば危険だと警戒しているのでしょう」

「……ですけど、だったらわざわざあんなギリギリのところまで行かなくても……」

「ギリギリまで近寄らねば果たせない目的があるということなのでしょうか……」

理屈はわかるが、澪には見当もつかない。唯一わかるのは、危険だと認識しながらもなお続けなければならない程、マメたちの目的が重要であるということのみ。

三人は、しばらく無言で地図と動画を眺めた。時間ばかりを浪費しているような気がして、もどかしさが募る。――しかし、そのとき。

「……なにかを探してるように見えるな」

静かな部屋に突如響いた、次郎の呟《つぶや》き。

澪は勢いよく顔を上げ、改めて地図を見つめる。確かに、探しものをしていると思いながら見れば、折り重なる線にも途端に意味があるように感じられた。

「確かに……、どのエリアでも結構時間を使ってましたし、なにかを探してるのかも…

…。だけど……」

ただ、そうだとすれば、新たな謎もあった。こんなところでマメたちが探しているものなんて、それこそ想像もできない。

すると、しばらく黙って考え込んでいた東海林が顔を上げた。

「……マメは妙恩寺に所縁《ゆかり》がありませんから、探しているとするなら、間違いなく佳代のものでしょう。ただ……、佳代が執着するようなものがこの辺りにあるとは思えません。ましてや墓地なんて……、憑《つ》かれやすい佳代を連れて行ったことは一度もありませんし」

「ですけど……、もうずっと前からこの辺りをウロウロしてるわけですし、なにか大切なものがあるんじゃないでしょうか……」

「しかし、佳代が死んだのはもう何十年も前です。今になって必死に探す理由なんて……」

東海林は、納得がいかない様子だった。それは無理もなく、幼くしてこの世を去ってしまった娘が行ったこともない場所で探しものをしているだなんて、どう考えてもおかしい。

ただ、だからといって、唯一しっくりきた予想を簡単に却下する気にはなれなかった。

「確かに、佳代ちゃんにとって必要なものがなんなのか、想像もつかないですね……。それに、これだけウロウロしてるところを見ると、どこで失くしたかすらわかんないって雰囲気ですし……」

「だが、執着の度合いから考えると矛盾してるな」

「ですよね……」

次郎が言った通り、延々と探し続ける執着と、まったくあてのなさそうな探し方はなんだか矛盾している。

「絶対にあるっていう確信でもなければ、普通はここまでしつこく探しませんよね……。なんだか……、まるで、私がどこに行っちゃったかわかんないマメを捜してるときみたいな――」

澪は、ふと言葉を止める。

自分で口にした「どこに行っちゃったかわかんない」という言葉が、妙に頭に引っかかった。――そして。

「もしかして、……動くものを探しているんじゃないでしょうか。たとえば……」

そう言いかけた瞬間、東海林が瞳《ひとみ》を大きく揺らす。

たちまち頭を過《よぎ》る、ひとつの可能性。

「東海林さん……、これはただの予想なんですけど……」

「……ええ」

「……もしかして、佳代ちゃんの魂は、折り鶴と市松人形だけじゃなくて、他のどこかにも……」

「……」

東海林が動揺することは、滅多にない。

きっと、同じことを思っているのだと澪は確信した。――そして。

「つまり、自分の魂のカケラを探しているってことか」

次郎がはっきりとそう口にした瞬間、東海林は手のひらで額を覆った。

「……なるほど」

ぽつりと、弱々しい呟きが響く。まだ予想の域を超えていないとはいえ、それを東海林がどんな気持ちで受け入れようとしているのか、想像すると胸が苦しかった。

「あのときの私は必死で、ただ佳代の魂を救いたい一心でした。なのに……、何十年も経った今もこうして苦労をかけているなんて。私は本当に、罪深いことを」

「東海林さん……」

なんて声をかけてあげたらいいのかわからず、澪は震える背中にそっと触れる。

そして、そのいつになく弱々しい姿を見ながら、決意していた。

「私たちも、佳代ちゃんの魂を探しましょう……。佳代ちゃんの魂が揃ったら、東海林さんの後悔も直接伝えられますし、謝ることだってできますから……。まだしてあげられることがあるだけ、幸運なはずです……」

そのときの澪の頭に過っていたのは、マメのこと。東海林に言ったのは、自分自身への言葉でもあった。

ようやく会えたと思ったら避けられてしまい、ひどく傷ついたことは否めないけれど、もう会えないかもしれないと嘆いていた日々を思えば、マメのためにまだやれることがあるだけずっとマシだった。

長い、沈黙。

やがて、東海林はようやく顔を上げ、ゆっくりと頷《うなず》く。

「そうですね。……できることは、してやらなければ。……佳代の魂を探します。封印が破られる前に、なんとしても」

「東海林さん……」

澪は、ほっと息をついた。ただ、東海林の迷いのない言葉は、一方で別の不安を煽《あお》った。

東海林が持ち続けている覚悟が、新たな事実を知るたびに伸《の》し掛かる責任によって、より強まっているような気がしたからだ。

不安に駆られ、澪は次郎を見つめた。

おそらく同じことを考えていたのだろう、次郎も複雑そうな表情で澪を見つめ返す。

本当にこのまま進んでいいのだろうかと、澪の胸の中には常に、小さな迷いが付きまとっていた。

ただ、目の前のことすら手探り状態の今の澪たちには、先のことを考える余裕なんてない。

その事実が、もどかしくてならなかった。

その後、澪たちはホテルで佳代の魂を探す策を話し合い、昼前にふたたび妙恩寺の拠点へ向かった。

とはいえ、マメたちが何ヶ月も探し続けているものをそう簡単に見付けられるとは思えず、有効な策が思い付かないまま差し当たって決めたのは、妙恩寺と墓地の外周を徹底的に捜索するという地道な作戦。

ただ、それは追い込まれた末の苦肉の策というわけではなかった。

というのも、地道に探すしかないと言い出した東海林は、新たな式神を用意していた。

いかにも大切そうに両手で包む様子を見て、澪はすぐにそこに込められたものを察した。

「その式神の中って、もしかして……」

「ええ。……佳代の魂が宿った折り鶴を仕込んでいます」

やはりと、澪は思う。

それは、昨日見た式神とは放つ雰囲気からまったく違っていて、強い存在感があった。

「佳代ちゃんにも協力してもらうんですね」

「そうですね。マメのような動物の嗅覚《きゅうかく》をもってしても探し当てられないということは、彷徨《さまよ》う魂はかなり小さいのでしょうし、昨日の式神ではまず無理でしょう。ならば、佳代自身の感覚に頼るしかありません。……この折り鶴の中に宿っている佳代の魂には、佳代自身が望んだたくさんの願いや、それを叶《かな》えたいという思いが強く残っています。おそらく、市松人形に宿っている魂よりも、自我が残っているはずです。……とはいえ、こっちもほんのカケラですから、上手《うま》くいくとは言えません」

「そうです、よね……」

わかりやすく声が沈んでしまったのは、その策に不安を感じたからでは決してない。

そのときの澪の頭には、別のことが過っていた。

願いや想いが込められた折り鶴には、たしかにそれを連想させるようなわずかな温《ぬく》もりが伝わってくる。

一方、今思えば、出会った頃の市松人形はむしろ真逆だった。ひしひしと伝わってきたのは、恐怖に追い込まれた辛《つら》さや苦しみ。

恐怖を抱え、自我もないまま彷徨い続けた長い年月を思うと、酷《ひど》く胸が締め付けられた。

「見付けましょうね、絶対……」

澪は、苦しさを振り払うようにそう呟《つぶや》く。東海林は式神を手のひらで大切そうに包み、静かに頷いた。

それから、三人が最初に向かったのは、妙恩寺の敷地のもっとも西端にある宝物庫の跡地。

次郎は、そこに格子状の線で細かくエリア分けされた新しい地図を広げた。

「東海林さん、式神は？」

「……無反応ですね」

「このまま本堂の方へ進みます」

「ええ」

開始したのは、いわゆるローラー作戦。

澪たちは、式神の反応を確認しながら、格子で細かく分けられたエリアを順番に移動した。

実際にやってみると、想像以上に地道で気の遠くなる方法だったけれど、今はこれに頼る他ない。

しかし、続けて山門、本堂の中、本堂の周囲に住居跡と、次々とエリアを移動しながら確認を続けたものの、一時間以上かけてようやく妙恩寺の敷地内を確認し終えても、式神にはまったく反応がなかった。

そして、次に向かったのは墓地まで続く獣道と、その東西に広がる深い森。人が足を踏み入れた形跡がまったくない中、式神の反応に注意を払いながら地図通りに移動するのは、思った以上に過酷な作業だった。

行く手を阻む植物の蔓《つる》や、ぱっと見ではわからないような地形の凹凸に苦戦しながら、ようやく獣道の西側を確認し終えたものの、費やしたのは二時間。想定よりもずっと時間がかかってしまい、気付けばもはや日が傾きはじめていた。

「日が落ちる前にせめて一周したいと思っていましたが……、誤算でしたね。獣道の東側は後回しにして、墓地の周囲を確認しましょう。暗くなると危険ですから」

「そうですね……」

澪は、少しずつ歯《は》痒《がゆ》さを覚えていた。

ある程度覚悟していたとはいえ、これだけ時間をかけても小さな反応ひとつ得られないとなると、さすがに不安になる。

「……まだ一周目だろ」

澪の考えを察したのか、次郎は墓地へ向かいながら宥《なだ》めるようにそう言った。

「そうなんです、けど……」

こんなに時間をかけていて、もし今、――万が一、墓地の悪霊の封印が破られてしまえばどうなってしまうのだろう、と。

東海林の前では口にできない恐怖が、どんどん膨らんでいる。

なにがあっても守りたい存在がたくさんあるのに、今の澪たちには策も時間もない。

一度焦りを覚えたが最後、それはみるみる全身に伝染し、とても落ち着いてはいられなかった。

そのとき、前を歩いていた東海林が、墓地の前でふいに足を止める。

「墓地の敷地の中は、やはり嫌な感じですね。決して入らないよう、外周を慎重に確認しましょう」

嫌な感じという東海林の言葉を、澪も実感していた。

墓地の奥、――まさに佳代の墓がある方から、これまでに経験のない澱《よど》んだ空気が流れてくるのがはっきりとわかる。

「だけど、佳代ちゃんの魂が墓地の中を彷徨ってるってことはないんでしょうか……」

ふと思い立った疑問を口にすると、東海林は首を横に振った。

「墓地の中は、カケラとなった浮遊霊が安易に近付けるような空気ではありません。あっという間に取り込まれてしまうでしょうから。……現に、マメたちも中には入っていないようでしたし」

「確かに、そうですね……」

澪は納得し、東海林の後に続く。

しかし、注意深く確認しながら歩いたけれど、結局、墓地の周囲でも、式神が反応することはなかった。

日が傾くにつれ、墓地に漂う嫌な気配がみるみる濃さを増していく。

そして、しばらく粘った末、東海林はついに立ち止まって溜《た》め息をついた。それは、この策の終了を意味していた。

「間もなく暗くなりますね。……残念ですが、仕切り直した方がいいかもしれません。私は今夜も拠点でマメや佳代の動向を確認しようと思いますが……」

「……もちろん、私もご一緒します」

「ですが、目的を知った以上、マメたちの動きを知る必要はもうありませんから、ホテルでゆっくり寝ていただいた方が。澪さんは自覚されている以上に、この念に当てられているはずです。それに……、私はただ、ここで佳代の気配を感じていたいだけなんです」

「私だって同じです」

即答する澪に、東海林は少し面食らっていた。

ただ、澪には東海林を気遣ったつもりはなく、むしろホテルに戻る選択肢なんて最初から持っていなかった。

それに、澪や次郎が調査を続けられるのは、明日まで。終わってしまえば、早くても次の週末までここに戻って来ることはできない。

元からすぐに解決できるなんて考えておらず、調査を始める前は何度か通うことになるだろうと思っていたけれど、いつ封印が破られるかわからない悪霊の存在が明らかになったことで状況は変わった。

もしこのままなんの進展もないまま休みが終われば、東海林は一人でここに残ると言いだしかねない。

だから、なんとしても急がなければと澪は思っていた。その場合、墓地の近くで待機した方が手がかりを得られる可能性が高い。

「長崎くん……、心配ですから、澪さんを説得してください」

「無駄ですよ。こいつは頑固ですから」

「次郎さんの言う通りです。……東海林さん、行きましょう！」

澪がそう言うと、東海林は諦《あきら》めたのか、渋々頷《うなず》いた。

ただ、澪にとって、たびたび気にかけてくれる東海林の優しさは癒《いや》しだった。次郎たちとは少し違う、まるで親のような過保護さが、くすぐったくも心地いい。

澪は東海林の横に並び、すっかり暗くなってしまった獣道を注意深く歩いた。

やがて拠点へ戻ると、昨晩と同様、地図と番号を振った式神が並べられ、東海林はその横に佳代の魂が込められた式神を置いた。

「……その式神を見ていると、なんだか佳代ちゃんとのことをいろいろ思い出しちゃいます」

静まり返ったテントの中、唐突にそんなことを口にした理由は、澪にもよくわからない。

式神から漂う佳代の気配を感じているうちに次々と思い出が蘇《よみがえ》り、自然に口から零《こぼ》れていた。

「聞かせてもらっていいですか？」

東海林は嬉《うれ》しそうに目を細め、澪を見つめる。

澪は頷き、妙恩寺での衝撃の出会いを回想した。

「……前にも少し話しましたけど、最初はほんと、怖くて。だって市松人形が動くなんて、日本のホラーの骨頂じゃないですか。……急に現れて首をカクッと曲げたり、屋根から落ちてきたり……」

「それはそれは、ずいぶん迷惑をかけましたね」

東海林は謝りながらも、幸せそうに笑う。

「でも、なんだか放っておけなくって。怖い怖いって訴えてくるのに、私の手助けをしてくれましたし……。それだけじゃなくて、佳代ちゃんは子供の浮遊霊に出会うといつも寄り添ってました。だから、子供たちがたくさんいる場所に預けていたんです。……すごく優しい子だなっていつも……」

夢中で話していた澪は、固く目を閉じ俯《うつむ》く東海林を見て、ふいに言葉を止めた。辛《つら》い記憶に触れてしまっただろうかと不安が込み上げるけれど、東海林はゆっくりと首を横に振る。

「……すみません、……どうか、続けてください」

「でも……」

「急に妻のことを思い出してしまっただけです。……佳代は、妻に似たのでしょう。彼女はとても優しい女性でしたから。いつも穏やかで、……誰よりも幸せになるべきだったのに。私があまりにふがいないせいで、いらぬ苦労ばかりかけてしまい、早くに死なせてしまった」

妻のことを語る東海林の声は、震えていた。悲しい別れは佳代だけではなかったのだと、新たに知った事実に澪の胸が痛む。

ただ、その一方で、澪は察していた。

すべてを失ってしまう前の東海林は、家族を大切に想い、とても温かく幸せな日々を送っていたのだと。

だとすれば、東海林が抱えた喪失感は、とても想像が及ばないくらいの大きなものだったのだろう。それでも、――そんな壮絶な過去を持ちながらも東海林が生きてきた理由は、おそらく罪の意識。そして、カケラになっても自分の元に残った佳代の魂の存在があったからだ。

澪には、かける言葉がなかなか見つからなかった。

当時のことを知らない自分がなにを言っても、慰めにすらならないだろうと。――けれど。

「佳代ちゃんは、……東海林さんにも似ていましたよ」

それは、短くとも佳代と同じ時間を過ごした澪が、唯一、東海林に伝えられる言葉だった。

「私、佳代ちゃんとは何度も話しましたから……。佳代ちゃんは、出会ったときから自分のことは二の次で私の心配をしてくれて。……まるで、東海林さんみたい」

なんの前触れもなく、――東海林の目から一粒の涙が溢《あふ》れた。

その本人すら気付いていないような涙に、澪は気付かぬふりをする。

「だけど、佳代ちゃんに東海林さんの凝り性なところが似ちゃってたら、きっと大変ですね。折り紙の部屋、ひとつじゃ足りないかも」

「……いくらでも用意しますよ。部屋なんて」

ようやく笑った東海林の表情を見て、今度は澪の瞼《まぶた》が熱を持った。けれど、澪にはまだ、東海林に伝えなければならないことがあった。

「佳代ちゃんの魂が東海林さんの元に戻ったら、……これからは、ずっと一緒にいてあげてください」

その言葉に込めたのは、東海林に生きてほしいという思い。

しかし、東海林はそれには答えず、わずかに瞳《ひとみ》を揺らした。なんだか返事を待つのが怖くて、澪は必死に言葉を続ける。

「折り紙、たくさん用意してあげてくださいね……。着物もきっと好きだと思います。本堂にたくさん並んでいた人形たちの中で、佳代ちゃんが宿った市松人形が一番可愛い着物を着てましたから。古くなってたけど、知り合いの住職さんがきれいにしてくださって……」

「……澪さん」

意味深に名を呼ばれ、ドクンと心臓が大きく鼓動を打つ。

続きを聞きたくないのに、澪の頭の中は真っ白で、なにも言葉が浮かんでこない。

――しかし、そのとき。

「おい、式神が……」

会話を遮ったのは、次郎の声。

咄嗟《とっさ》に式神に目を向けると、中のひとつがカタカタと震えていた。

「え……、これって……」

澪はその光景に、目を見開く。

なぜなら、震えていたのは番号を振った式神ではなく、佳代の魂が込められた式神。

それは、佳代の魂がこの近くにあることを意味する。

「佳代……？」

東海林はすぐにテントの外に視線を向けた。

澪も同じく外を見渡したけれど、辺りは風もなくしんと静まりかえっていて、佳代どころか、逆に不自然に思う程なんの気配も感じられなかった。

振り返ると、式神はすでに動きを止めている。

けれど、一度心に広がった嫌な予感は収まりそうになく、澪は確かに動いていたはずの式神を見つめた。

「佳代ちゃん……？」

不思議と魂の鼓動が伝わってくるようで、澪は無意識に手を伸ばす。そして、指先が触れようとした、そのとき。

地図の上に並べていた十枚の式神が、突如、一斉に炎を上げた。

「きゃぁっ……！」

炎は瞬く間にテントの天井に届く勢いで燃え上がり、澪は熱風に煽《あお》られて背後に倒れる。

「澪……！」

次郎に背中を支えられて体を起こすと、一瞬で灰と化した式神が舞い上がり、風にさらわれて外へと散っていった。

なにが起きたのかわからず、澪は混乱して次郎の腕にしがみつく。——そのとき。

「佳代……！」

突如、東海林が佳代の名を叫び、数珠《じゅず》を握りしめてテントから飛び出した。

「待っ……！」

慌てて引き止めたものの東海林に声は届かず、足音はどんどん遠ざかっていく。

頭が追いつかずに呆然《ぼうぜん》としていると、次郎も動揺を隠すことなく、東海林が消えた方を見つめていた。

「次郎さん……、東海林さんは……！」

「……佳代を追った」

「え……？　追ったってどういう……」

「佳代の魂が入った式神が、墓地の方に……」

そう言われて辺りを確認すると、確かに十枚の式神の燃え跡は残っているものの、佳代の魂が入った式神はどこにもない。

ようやく状況を把握した澪は、次郎の腕を引いた。

「追わなきゃ……！」

「……落ち着け。もし封印が破られていたら……」

「なおさらです！」

必死に訴える澪に、次郎は苦しげな表情を浮かべる。

いつも勢いで行動する澪と違い、冷静な次郎は最悪のケースまで考えた上で、どう立ち回るべきか判断できないでいるのだろう。

頭に血が上っている澪ですら、今回ばかりは追ったところで自分がなにかの役に立てる想像ができなかった。

ただ、待つという選択肢だけはなく、澪はふたたび次郎の腕を引く。

「助けてください……！」

「……澪？」

「私、また暴走するかもしれないから……、次郎さんが助けてください……！」

滅《め》茶《ちゃ》苦《く》茶《ちゃ》なことを言っていると、もちろんわかっていた。ただ、いつもの澪ならすぐに飛び出してしまう程の勢いを抑えられたのは、次郎から繰り返しかけてもらった心配のお陰だった。

次郎は澪の目を見つめ、やがて、小さく息をつく。

「暴走前提で頼み事をするな」

「次郎さん……」

「……わかった。ただ、ひとつだけ言っておくが、最悪なケースになった場合はお前の命を優先する。……他のなにを犠牲にしても、それは譲らない」

次郎が淡々と口にしたのは、とても重い確認だった。今は、すべてを救えるような甘い状況でないと、その言葉が物語っている。

ただ、もう迷っている暇はなかった。

澪は深く頷《うなず》く。——そのとき。

キャン、と。森の方から突如、動物の悲鳴が響いた。

「今のって……、マメ……？」

「……行くぞ」

ふたたび頭に血が上りそうになる澪を落ち着かせるように、次郎の手が肩に触れる。

不思議と、冷静さが戻った。

澪は頷き、次郎と共にテントを出ると、墓地へ向かって獣道を走る。

森の空気は、これまでにない程異様だった。お札を持っているというのに、一歩進むごとに全身に伸《の》し掛かる空気が重さを増していく。

足を踏み出すごとに頭がクラクラして、少しでも気を抜けばたちまち平衡感覚を失い、何度も倒れそうになった。

こんな状態ではまた意識を失ってしまうと、澪はすぐ傍まできている自分の限界に不安を抱えたまま、東海林や佳代、そしてマメの気配を探した。

けれど、伝わってくるのは、体が凍える程に冷ややかな念のみ。

ついに封印が解かれてしまったのかもしれないと、心の中にみるみる不安が広がっていく。

「マメ……！　どこ……？」

名を叫んだ途端、重く澱《よど》んだ空気が喉《のど》から体に流れ込み、澪は膝《ひざ》をついて激しく咳《せ》き込んだ。

「澪……！」

すぐに次郎が駆け寄り、澪の体を支える。

「大丈夫です……、みんなは、どこに……」

「見当たらない。……とにかく霊障が酷《ひど》いな。敏感なお前がこれ以上先に進むと昨日のように意識が飛ぶぞ」

「でも、行かないと……！」

「澪……」

いつもならば、この状況の中、慎重な次郎が先へ進む決断をすることはまずない。

ただ、もはや止められないなにかが動き出していることを、漂う空気が嫌という程物語っていた。

引き返しても同じだと判断したのだろう、次郎は澪を立ち上がらせ、足を踏み出す。

「……行けるところまで行く」

「はい……！」

二人は、暗闇の中をひたすら進んだ。しかし、墓地に近付くにつれ、霊障に耐性のある次郎ですら歩調が乱れていく。

「次郎さん、大丈夫ですか……？」

「俺はいい。……東海林さんが気がかりだ」

「確かに、東海林さんは無事なんでしょうか……。こんな空気の中で、もし倒れちゃったら……」

「……ただ、生きた人間を追う方が霊よりむしろ難しいな……。先にマメを見付けられたら、気配を追わせることができるが……」

「でも、マメは……」

名を口にした途端、頭に蘇《よみがえ》るマメの悲鳴。

マメになにが起こったのかはわからないけれど、あんな声を聞いたのは初めてで、胸騒ぎが収まらなかった。

そして、ようやく視界に入ったのは、墓地の入り口に建つ観音菩薩《ぼさつ》像。ひとまず墓地まで来られたことにほっとしたのも束の間、——奥に広がる異様な光景に、澪は言葉を失った。

　そこにあったのは、これまで数々の霊障を経験し、何度も恐ろしい霊と対峙《たいじ》した澪ですらも、見たことのない奇妙な影。

　それは液体とも気体とも形容しがたく、真っ黒な空気が集まってできた生き物のように、ゆらゆらと蠢《うごめ》きながら佳代の墓を包み込んでいた。

「次郎、さん……」

「酷いな……」

「あれ全部、恨みですか……？」

「恨みも怒りも、……ありとあらゆるマイナスな感情が集まった念の塊だ」

「封印されて、何十年も怒りをこじらせて、こんなふうになっちゃったってこと……？」

「……ああ」

　恐怖で思わず膝が震えた。

　けれど、それと同時に強い憤りが込み上げてくる。

「そんなの、逆恨みじゃないですか……、佳代ちゃんの命を奪ったくせに……」

「悪霊に理屈が通じるなら、悲劇は起こらない」

　確かにその通りだと、澪は思う。

　第六で働きはじめて以来、すべての霊が悪ではないことを知ると同時に、どうにもならないくらい理不尽な存在があることも知った。

　それらはただ恨みを一方的に撒《ま》き散らし、関係のない者を巻き添えにしながら悲しい魂を増やしていく。

「あんなのを鎮めることなんて、可能なんですか……？」

「…………」

次郎は長い間を置き、神妙な表情で口を開く。

「……強引に封印するしかないだろうな。まさに昔、東海林さんがやったように。……ただ、そんな芸当ができる能力者なんてほとんどいない」

「じゃあ、東海林さんにしか……」

「ついでに言えば、あれが完全に封印を破ってしまえば、封じたくとも器になり得るものがそう無い。大概は、封じ込めた途端に壊れる。……可能性があるとすれば、特殊な、——たとえば強い能力者の血筋を持つ、人の体とか」

「それって……」

東海林がやろうとしていた、悪霊を自分の体に封印してしまうという方法は、ただの罪ほろぼしではなく唯一の手段だったのだと、次郎の話を聞いて澪はようやく理解していた。

現に、強い能力者の血筋を持つ体なんて、東海林以外に存在しない。

「……佳代の墓から離れないところを見ると、封印はまだ破られていないようだが、もはや時間の問題だ。どの道、破った後は次に宿るべき強い器を求めるだろう。そうなれば、自然に東海林さんに導かれる」

「止められないってことですか……？　私は、見てるしかないの……？」

昨日、次郎はそうならないための方法を考えていると話していた。

一哉を捜すため、長い年月をかけて霊や呪いへの知識を得た次郎がもし答えを見付けられなかったのなら、おそらく打つ手はないのだろうと澪は思う。

沈黙が続くにつれ、鼓動はどんどん速くなった。そして。

「……澪」

宥《なだ》めるような声で名を呼ばれた瞬間、——澪は、思わず次郎の口を手のひらで塞《ふさ》いでいた。

「駄目、ですよ……。そんな……」

なにも聞いていないというのに、苦しそうに揺れる次郎の目がすべてを語っている。

それでも、澪は必死に首を横に振った。

「やっぱり、私が会話してみるとか……。私の体だって霊と相性がいいんでしょう……？　だったら時間稼ぎくらい……」

無意味な作戦だと知りながら、結論が出てしまうのが怖くて、澪は言葉を止められなかった。

けれど、声も体も震え、説得力はまるで無い。

次郎は口を塞ぐ澪の手をはがし、そのままその手を握った。

「澪」

「ま、待ってください……、もう少し考えますから……」

ふいに、次郎の瞳《ひとみ》が揺れる。説き伏せようとしているのだと察した澪は、反射的に次郎から離れた。――そのとき。

『ワン！』

突如、間近で響いたマメの声。

澪は咄嗟《とっさ》に視線を泳がせ、目を見開いた。

「マメ……？」

すっかり薄くなっているけれど、すぐ傍から見上げているのは間違いなくマメの姿。

しかし、その体は赤黒い血で汚れ、体のいたるところから骨が露出している。

それは、初めて出会ったときの姿を彷彿《ほうふつ》とさせた。

「どう、したの……？」

会えた喜びや驚きよりも、なによりその痛々しい姿がショックで、澪は衝動的にその体に手を伸ばす。

けれど、その手はあっさりとマメの体を通過してしまった。

「……念に呑《の》まれかけてる」

「それって……、どういう……」

「近付きすぎたんだろう。……このままだと……」

ドクンと、心臓が大きく鼓動する。

まさか、自分の最期を察して会いにきたのではないかと、最悪な予想が頭を過《よぎ》り、全身から血の気が引いた。——しかし。

『クゥン……』

マメは澪の膝《ひざ》に前脚をかけ、服の裾《すそ》をくわえて弱々しく引っ張る。

「マメ……？」

『クゥン』

「……来てって、言ってる……？」

それは明らかに、澪を呼ぶときの仕草だった。

「おい、落ち着け……。マメはもう半分悪霊に……」

次郎の声がたちまち焦りを帯びる。けれど、今の澪の耳に、その警告が届くことはなかった。

「助けて、ほしいの……？」

返事はない。——けれど、悪霊に呑まれかけて黒く澱《よど》んだマメの目を見つめた瞬間、澪の頭から、恐怖も諦《あきら》めも、むしろなにもかもが消し飛んでしまうような感覚を覚えた。

——そして。

「澪……！」

咄嗟に掴《つか》まれた次郎の手を振り払い、澪は衝動的に佳代の墓へ向かって走りだしていた。

マメが澪に助けを求めたことなんて、一度もない。むしろ、自分を犠牲にしてでも身を挺《てい》して守ってくれた。

そんなマメから必要とされるのなら、次郎が言うようにマメが悪霊に支配されていたとしても、――たとえ澪を道連れにしようと考えていたとしても、構わないと思った。

澪は無我夢中で走り、黒く澱んだ念に覆い尽くされた佳代の墓地の前に立つ。

途端に激しい頭痛と吐き気が込み上げ意識が遠退くけれど、もはや構っていられなかった。

「なにをすればいい……？」

『グル……』

尋ねると、マメは怪しく蠢《うごめ》く念に向かって低く唸《うな》る。澪はマメが睨《にら》みつけている足元に視線を合わせ、――息を呑んだ。

視界に入ったのは、どろどろと蠢く念の塊からわずかにはみ出した、人の足。体は完全に覆い尽くされているけれど、奥の方で破魔の短刀に手を伸ばす様子が確認できる。

「東海林さん……！」

もはや、冷静ではいられなかった。

澪は東海林の体を引っ張り出そうと、足を掴む。――しかし。

まるでそれを待ち構えていたかのようなタイミングで、澪の体は、どろりと形を変えた念にあっさりと絡みつかれた。

抵抗どころか声を出す間も与えられないまま、澪の体は念の奥へと沈み込んでいく。

澪、と。

次郎の声が聞こえた気がした。

けれど、――それを最後に、澪の意識はプツリと途切れてしまった。

暗闇の中、澪は目を覚ました。

目を開けているとは思えないくらいの深い闇に包まれ、澪は一瞬、自分はもう死んでしまったのだろうかと思った。

けれど、そのとき。――ふいに、低い唸り声が耳に届く。

――誰か、いる……。

ここがどこなのか、自分がどうなってしまったのかもわからないまま、澪はその声を頼りに体を引きずるようにして前へ進んだ。

やがて、目線の先に見えたのは、ほんのかすかな光。

吸い寄せられるように近付くと、光の元には、苦しそうに地面にうずくまる人影があった。

――誰……？

頭の中で疑問を浮かべると、まるでそれが聞こえているかのように、影がピクリと体を動かす。

そして、錆《さ》びた機械のようにぎこちない動作で、澪の方へ首を向けた。

『――もう、すこ、しで』

絞り出すように響いた、途切れ途切れの声。

それは空気を震わせる程に低く、薄気味悪く、全身に震えが走った。よく見れば、男が光を包み込むように体を折ってうずくまり、背中を大きく震わせている。

――もう少しで……って……、なにが……。

頭の中で問いかけると、やはり男にはそれが聞こえているらしく、少しずつ体を起こした。

同時に、小さかった光が徐々に眩《まぶ》しさを増し、――澪は、息を呑む。

光を放っていたのは、破魔の短刀。切先が男の腹に刺さり、周囲に溢《あふ》れる澱んだ念は、その傷口からどろどろと溢れ出ていた。

――あなたは……、もしかして……。

澪は直感した。この男こそ、東海林によって佳代の体の中に封印された悪霊なのだと。体に破魔の短刀が刺さっていることが、なによりの証拠だ。

同時に、男が口にした「もう少しで」とは、「もう少しで封印を破ることができる」という意味なのだと察した。

つまり、ここはおそらく、悪霊となった男の意識の中。

ただ、澪はこれまでに何度も霊たちの意識の中に入り、その記憶を覗《のぞ》いたり訴えを聞いたりしてきたけれど、今回は、経験したどれともまったく違っていた。

これまでに澪が見てきたのは、主に霊たちが実際に経験した過去。そのほとんどが、強い後悔を残した瞬間であり、その辛《つら》い記憶を追体験することで、浮かばれない原因を知った。

そのどれもが現実世界と見間違えそうなくらいリアルな光景だったのに、今はまったく違う。周囲に広がるのは、ただの暗闇。それ以外には、なんにもない。

それがなにを意味しているのかは、考えるまでもなかった。

——この人の心の中には、闇しかないんだ……。

霊となった以上、人として生きてきた過去が必ずあるはずなのに、意識の中にその名残はカケラもない。

伝わってくるのは、暗闇の中に濃く溶け込んでいる重く冷たい感情のみ。まさに、ありとあらゆるマイナスな感情と表現した、次郎の言葉通りだった。

それが悪霊たる所以《ゆえん》なのだろうと、澪は思う。これでは説得なんてできるはずがないと、会話を試してみたいと申し出た自分の甘さを痛感した。

やがて、男はひときわ大きな唸り声を上げ、体をのけ反らせる。その瞬間、破魔の短刀がわずかに抜け、中から黒く澱んだ念の塊が勢いよく溢れ出した。

刀が抜けてしまえばきっと終わりだ、と。

わかっているのに、あまりの恐ろしさに身動きを取ることができず、頭もうまく回らない。

そうこうしている間にも、澪の体は次々と流れ出る念の澱みの中へ沈んでいく。

こうして、なにもできないまま吞まれてしまうのだろうか、と。絶望が、徐々に心を支配しはじめていた。――しかし。

『クゥン』

突如聞こえた、マメの鳴き声。

澪は途端に我に返る。

――マメ……？

そして、暗闇の中で必死に目をこらしながら、――違和感を覚えていた。

なぜなら、これまで霊の意識の中にマメが現れたことはない。理由は言うまでもなく、澪がいる場所は個人の意識の中であり、意識の持ち主の意思なく出入りできる場所ではないからだ、

ならば、なぜマメがここにいるのか、――ふいに頭を過《よぎ》った予想は、絶望的だった。

それは、すでにマメは悪霊となったこの男に吞まれ、魂が一体化しかけているのではないかというもの。

そう思いついた瞬間、澪の頭に一気に血が上った。

さっき澪に助けを求めたときに見た、弱りきって骨が剝《む》き出しになったマメの姿を思い出すと、胸が詰まる。あのときのマメは、おそらく限界間近だったのだろう。

こうなる前にもっとできることはなかったのだろうかと、心に浮かんでくるのは後悔ばかり。

ただ、もう手遅れだとは、どうしても思いたくなかった。澪は体を無理やり動かし、男との距離を詰める。――そのとき。

ふいに目に入ったのは、男の傍に横たわる二つの影。

その正体を察すると同時に、背筋がゾクッと冷えた。

影のひとつはマメ、そしてもうひとつは東海林。ふたつの体は、今にも念に飲み込まれようとしていた。

――行かないで……！

澪はマメたちに向かって必死に訴える。早く救い出さなければという切羽詰まった思いは、恐怖すら曖昧《あいまい》にした。

しかし、破魔の短刀はゆっくりと、しかも確実に引き抜かれようとしていた。

衝動任せに手を伸ばすけれど、たちまち見えない圧に阻まれ、澪の体は背後に弾《はじ》かれる。

慌てて体を起こすものの、澪の体はすでに澱《よど》んだ念にまみれていた。

ふいに、これ程の無念や恨みを前にして、自分にできることなんて本当にあるのだろうかと弱気な考えが浮かぶ。

このままなにもしなければ、すぐに澪もマメや東海林のように念の中へ沈み、いずれは男の一部となってしまうのだろう。

わかっているのに浮かんでくるのは絶望ばかりで、一度怯《ひる》んでしまった心を奮い立たせられるだけの希望を、澪はもう持てなかった。

やがて、ふたたび破魔の短刀がわずかに引き抜かれると同時に念が押し寄せ、澪は抵抗もできずに深い闇の中へと沈んでいく。――しかし、そのとき。

突如、手首にひやりとしたものが触れた。

澪は途切れそうな意識をなんとか繋《つな》ぎ止め、細く目を開ける。――すると。

視界に映ったのは、目の前から澪をじっと見つめる、まるでプラスチックのようになんの感情も映さない無機質な目。

それが誰なのかは、わざわざ確認するまでもない。なぜなら、その男の腹には破魔の短刀が刺さっていた。

たった今まで必死に刀を抜こうとしていた男の関心は、どういうわけか、突如澪へ向けられたらしい。

あまりの恐怖に、澪はたちまちパニックに陥った。逃げようとしても、両手首をがっちりと掴《つか》まれ身動きが取れない。

そして、――澪の頭には、その手首を掴む手の冷たさと筋張った感触から、ふいにひとつの記憶が蘇《よみがえ》っていた。

それは、昨晩の獣道の入り口での奇妙な出来事。澪はあのとき、誰かに足首を掴まれるような、不気味な感触を覚えた。

あれもこの男だったのだと、澪は確信する。同時に、二度も澪を狙った理由が偶然ではないことも察していた。

男は澪の目をまっすぐに捕えたまま、黒ずんだ唇を開く。

『ほし、い』

辺りに響く、くぐもった声。

この男が欲しがっているのは自分の体だと、澪は気付いていた。澪の体が霊と相性がいいことは、第六で働くようになって以来十分すぎる程自覚している。

現に、理不尽に狙われ、命すら危ぶまれるような経験を何度もしてきた。

男はおそらく、封印を破った後に、佳代の体の代わりになる容《い》れ物を探しているのだろう。誰もが東海林を狙うと思い込んでいたけれど、どうやら男にとっては、澪の体もそれに適《かな》う器になり得るらしい。

こんな絶望的な状況だというのに、澪は自分の体質に呆《あき》れていた。どうにもならないという諦《あきら》めが、逆に気持ちを冷静にさせていく。

やがて摑まれた両手首の感触が曖昧になり、見れば、男の手が触れた場所は黒く変色していた。

それを見た途端、澪は抵抗する気力を失い、脱力する。

そして、もう終わりだと覚悟を決めた瞬間、最期に会いたかった人たちの顔が次々と浮かんできた。

両親はもちろん、高木や晃やリアムに伊原、そしてマメと、——次郎。

——次郎さん……。

目を閉じ心の中で名を呟《つぶや》くと、たまらなく胸が痛んだ。もし澪が戻らなかったなら、おそらく次郎は責任を感じ、自分を責めるだろう。

ようやく動き出した次郎の時間が、また止まってしまうかもしれない。

そう考えると、辛くてたまらなかった。

——そんなこと、させたくない……。

次郎のことを案じた瞬間、折れかけた心がギリギリのところで踏みとどまった。ただ、それも時間の問題だと、体がどんどん黒く変色していく光景が、わずかな希望をも消し潰《つぶ》していく。

体はまるで借り物のようにうまく動かせず、頭も回らない。このままでは本当に終わってしまうと、澪は残されたわずかな気力を振り絞って、抵抗を試みる。——そのとき。

『グルル……』

突如、すぐ傍から響いた愛《いと》しい声。

咄嗟《とっさ》に目を向けると、澪の足元で、弱々しくも男に噛《か》み付くマメの姿があった。

——マメ……。

信じがたい光景だった。

ついさっきまで、男の念に呑《の》まれかけてぐったりしていたマメが、骨が剝き出しになったいたましい姿で、男の足に牙《きば》を立てている。

どうして、と。

もう一度会えた嬉《うれ》しさよりもなによりも、心の中に込み上げてくるのは、ここまでさせてしまっているという苦しさだった。

「――マメ、やめて……」

不思議と、声が出た。

他人の意識の中で声を出せたことはなく、奇妙な感覚だったけれど、今はそんなことを気にしている場合ではなかった。

「……逃げて、……お願い、だから……」

マメの耳が、ピクリと動く。

けれど、澪の言葉を聞き入れる様子はない。

やがて、マメの体もみるみる黒く変色し、体の半分以上が骨と化した。

「マメ……、動けるなら……、佳代ちゃんを連れて遠くに行って……。早く……！」

とても見ていられず、頭に血が上った澪は無我夢中で男に掴まれた腕を振る。――すると。

これまではビクともしなかった男の腕が、するりとほどけた。

しかし、男が代わりに掴んだのは、破魔の短刀の柄《つか》。

見れば、刀はほとんど抜けかけ、もはや体に刺さっているのはほんの刃先のみ。ついに抜けてしまうと察した瞬間――、澪は、頭で考えるよりも先に、マメの体を思いきり払い除《の》けていた。

『キャン！』

体を地面に叩《たた》きつけられ、マメが悲痛な声をあげる。

「早く行ってってば……！　どれだけ捜してたと思ってるの……！　そんな無茶して、消えたら絶対許さないから……！」

渾身《こんしん》の叫びに、周囲の空気が震えた。

怒りは不安や恐怖をも拭《ぬぐ》い去り、澪は男が引き抜こうとしている破魔の短刀の柄を両手で摑む。

澪には、封印のことはよくわからない。どんな力が作用しているのかなんて、考えたことすらない。ただ、とにかくこの刀を抜かせてはならないと、本能が訴えていた。

頭の中が真っ白なまま必死に柄を押し戻すと、男が低い唸《うな》り声を上げる。まるで男の怒りが伝わってくるかのように、周囲の空気がキンと冷えた。

少しでも気を抜いたら跳ね飛ばされてしまいそうで、澪は無我夢中で柄を摑み、全身の力を込める。

ただ、澪の力ではビクともせず、ほんの時間稼ぎにしかならないことは明らかだった。

視界の端には、黒く変色しながら念の中へ溶け込んでいく自分の体が見え、激しい嗚《お》咽《えっ》が込み上げる。

身も心も侵食されていく気持ち悪さに、曖昧《あいまい》になっていたはずの恐怖がじわじわと蘇ってきた。

それでも、マメたちが逃げる時間を稼がなければならないと、無理やり気持ちを奮い立たせる。——しかし。

もはや意識が朦朧《もうろう》としはじめている澪の視界に映ったのは、少し離れた場所から不安げに澪を見つめるマメの姿。

せっかく時間を稼いでいるのにと、たちまち絶望が頭を支配する。——けれど、一方で、全身からふっと力が抜けるような感覚を覚えた。

「……そう、だよね……」

奇妙なくらいに穏やかな声が出た。

「……マメはずっと、私のことを、一番優先してくれてた、もんね……」

途切れ途切れの呟きに、マメの耳がピクッと反応する。

「駄目だよ、そんなに懐いちゃ……。こんな、苦労をかけてばかりの、どうしようもない主人に……」

マメはもはや、元の姿とかけ離れた見るに耐えない姿に変わっているのに、ぽっかりと空いた眼窩《がんか》の奥から、うるんだ瞳《ひとみ》が見える気がした。

「ごめんね……、初めて助けを求めて、くれたのに……、こんなことに、なっちゃって

「……も、駄目、かも……。くる、しいな……」

もはや強がることもできず、苦しいと口にすると同時に涙が流れる。——ただ、そんな極限の状態の中、澪の頭には、過去にこの男によって体を蝕《むしば》まれた佳代のことが浮かんでいた。

まだ幼かった佳代がこんなにも苦しい思いをしたのだと思うと、とてもやりきれない。

なんて理不尽なのだろうと、考える程に怒りが込み上げてくる。

この男はおそらく、これからも筋違いの恨みを膨らませながら、多くの命を巻き添えにしていくのだろう。

破魔の短刀の柄を握る力は今にも限界を迎えようとしているのに、心の中では、そんな連鎖を続けさせてはならないという強い気持ちが燻《くすぶ》っていた。

澪は、無意味だと知りながら、破魔の短刀が放つすっかり弱まってしまった光に願いを込める。

しかし、やはりそれが届くことはなく、光はみるみる小さくなり、もはや蠟燭《ろうそく》の灯りにも満たない程のおぼろげなゆらめきを残すのみとなった。——そのとき。

突如、手元から、男の念とはまったく違う小さな気配を感じた。

——誰か、いる……。

冷え切った空気の中、破魔の短刀を通じて伝わってくる、温かな温度。恨みにまみれた念が充満するこの場所で、こんな優しい気配が存在できるはずがないと思うのに、それは、弱々しくも確かにそこにあった。

そして、――不思議と、澪はその気配に覚えがあった。

――まさか……。

ふいに頭を過《よぎ》る、ひとつの予感。

頭ではありえないと思いながらも、心が勝手に懐かしさを覚えている。

「――ここに、いたの……？」

衝動的に零《こぼ》れる問いかけ。

すると、その小さな気配は澪の声に応《こた》えるかのように、破魔の短刀の傷口からするりと流れ出てきた。

念で埋め尽くされた空気の中を、それは優しい光を放ちながら広がり、澪の体を包む。

そのかすかな体温を感じた瞬間、――佳代だ、と。澪は確信した。

マメや佳代が必死に探していた最後の魂のカケラは、どうやら佳代自身の肉体にとどまっていたらしい。

極限の状態だというのに、まるではしゃいでいるかのように光を散らす様子は、胸に込み上げるものがあった。

そして、――やっぱりどうしても諦《あきら》めるわけにはいかないと、心にじわじわと気力が湧き上がってくる。

「マメ……、勝手なことばかり言って、ごめん……、だけど……、もし、逃げないなら

――」

手伝ってほしい、と。

最後まで口にする前に、手元に気配を感じた。

曖昧な視界の中、男の腕に牙を立てるマメの姿が見える。

「ありがとう……」

澪は刀を押し戻そうと、気力を振り絞って両手に力を込めた。――けれど、マメの助けがあってもなお、男の力には到底及ばない。

そこには、長い年月積もりに積もった恨みの強大さを突きつけられるかのような、圧倒的な力の差があった。

――誰か……。

こういうとき、頭に浮かぶのは決まって次郎の顔。

ここは男の意識の中であり、助けにくることはないとわかっているのに、どうしても望んでしまう。

思えば、いつも考えなしに行動する澪のせいで次郎にはずいぶん無茶をさせたし、澪自身、当たり前のように助けてくれる次郎にすっかり甘えていた。

表情には一切出さないけれど、実は次郎が誰より心配性だと知るまで、そう時間はかからなかった。

――思い出が蘇《よみがえ》ってくるなんて、まるで、死んじゃうみたい……。

朦朧とする意識の中、澪の心は次第に凪《な》いでいく。やがて焦りも恐怖も消え去り、最後に残ったのは、次郎の顔が見たいという願い。

しかし、もう手元を照らすこともできない弱々しい光が、その願いが叶《かな》わないことを物語っていた。

闇はみるみる深まり、澪の体も次第に澱《よど》みの中へと溶け込んでいく。氷のように冷え切った空気の中、ついに封印が破られてしまったのだと澪は察した。

やはり自分にはなにもできなかったという後悔の中、澪はギリギリで保っていた意識をゆっくりと手放す。――しかし、そのとき。

ふいに背中に覚えた、温かな温度。

同時に、閉じたまぶたを突き抜ける程の強い光を感じた。

澪はおそるおそる目を開け、――その瞬間、目の前に広がる想像もしなかった光景に言葉を失う。

封印は破られたと思っていたのに、破魔の短刀が、まるで命を吹き返したかのようにふたたび眩《まぶ》しい光を放っていた。

――どういう……こと……？

わけがわからないけれど、その眩《まばゆ》い光景を見ていると、尽きたはずの気力が徐々に戻ってくる。澪はひとまず理解を諦め、破魔の短刀の柄を握り直した――そのとき。

突如、背後から腕が伸ばされ、澪の両手が優しく包み込まれた。

突然のことに驚きながらも、その手から伝わる体温があまりにも優しくて、なぜだか涙が溢《あふ》れる。

後ろを振り返らなくても、その全身を包み込む穏やかな空気から、澪はその正体を察していた。

「一哉さん……」

返事はないけれど、脳裏にいつか見た優しい笑顔が浮かぶ。

やがて、澪の足元で蹲《うずくま》っていたマメも起き上がり、澪の背後を見ながらゆるゆると尻《しっ》尾《ぽ》を振った。

一哉の手がマメの頭を撫《な》でると、骨が剝《む》き出しになった体が、たちまちやわらかそうな毛に覆われる。

そして、――一哉は澪の両手に力を込め、破魔の短刀を男の体へと押し戻した。

さっきまではビクともしなかったはずの刀が、男の中へ沈み込む感触を覚える。切っ先が深く侵入していくたびに、周囲の闇も少しずつ濃さを失っていった。

男は、ふたたび腹を抱え込むように体を折り畳み、弱々しい唸《うな》り声を上げる。

そして、頭の先から少しずつ、まるで砂が散るように姿を消していった。

やがて、辺りは嘘のようにしんと静まり返る。

ただただ呆然《ぼうぜん》としていた澪は、破魔の短刀がカランと転がり落ちる音で我に返った。

「……消え、た……？」

まるで幻覚を見ているかのようだったけれど、拾い上げた破魔の短刀には、まだ強い熱が宿っている。

そして、澪は、違和感を覚えた。

破魔の短刀の感触にも、周囲に漂う空気にも、全身に走る痛みにも。

――ここは、男の意識の中じゃ、ない……？

そう思った瞬間、背中にずっしりと重みを感じた。

慌てて振り返ると、そこにいたのは、澪の背中に覆い被《かぶ》さるように倒れ込む、次郎の姿。

「次郎、さん……？」

慌てて体を支え、その重みを感じながら、澪はこれまでのことはすべて現実での出来事だったのだと察した。

一哉が次郎に変わっていることには驚いたけれど、現実だと考えると、腑《ふ》に落ちることも多くある。

たとえばマメが現れたことや、声が出たこと。おそらく、どこかのタイミングで現実に戻っていたのだと考えられるけれど、そんな経験はこれまでになく、澪にはとても理解が及ばない。

ただ、今は、そんなことを考えている場合ではなかった。

もし見たものすべてが現実だったなら、近くで倒れているはずの東海林を助けなければならないし、男の中から逃げ出してきた佳代の魂のカケラも、見失う前に保護する必要がある。

とはいえ次郎には意識がなく、澪もまた、自力で立つこともできないくらいに消耗していた。

思考も朦朧《もうろう》とし、やがて澪は次郎もろともぐったりと倒れ込む。

夜中の山の地面は、氷のように冷え切っていた。たちまち体温が奪われ、万が一このまま意識を手放そうものなら全員凍死してもおかしくないと、澪は焦りを覚える。——そして。

「そうだ……。高木、さん……」

ふいに頭に浮かんだのは、高木の存在だった。

人が何人も倒れているこの状況を警察に連絡してしまえば大ごとになってしまうが、顔が広く知恵のきく高木なら皆を回収してくれる方法を考えてくれるかもしれないと、澪は考えた。

早速携帯を取り出そうと、力の入らない腕を無理やり動かしポケットを探る。すると、指先に、携帯とは違うなにかが触れた。

不思議に思って取り出すと、それは、細長い真っ黒の塊。表面は焼け爛《ただ》れて波打ち、触れていられないくらいの熱が残っていた。

おそらく材質は金属だが、溶ける程に発熱するなんて普通ではない。澪はそれをいろんな角度から眺め、──ふいに、ひとつの答えに辿《たど》り着いた。

「これって……」

その形状は、間違いなく、次郎から渡された一哉のネクタイピンだった。だとすれば、ここまで傷んでしまった理由が、澪にはひとつだけ思い当たる。

「もしかして……、私の身代わりに……」

思い出すのは、今にも抜けてしまいそうだった破魔の短刀を押し戻してくれた、一哉の気配。

あのときは、すべてが男の意識の中の出来事だと思い込んでいたけれど、ぐったりと倒れる次郎の様子から察するに、一哉はおそらく次郎の体を借りたのだろう。

それだけでなく、澪が悪霊と対峙《たいじ》している間、いつもならあっさりと倒れてしまうくらいの強い念を浴び続けていたにもかかわらず、意識を保ち続けられたのも、おそらく一哉に守られたお陰だ。

「また……、守ってくれたんですか……」

澪はネクタイピンを手のひらにぎゅっと握り込んだ。同時に、せっかく救ってもらった命を無駄にしてはならないという思いが強く込み上げてくる。

「高木、さんに……、電話……」

澪は、もはや力が入らなくなった手を必死に動かし、携帯を操作した。

ディスプレイには大きな亀裂が入っていたけれど、幸い壊れてはおらず、かろうじて電波も入っている。

ただ、ギリギリで意識を保っていた澪は、指が震えてなかなか操作がままならなかった。——すると、そのとき。

操作していた携帯が、突如、着信を知らせる。

ディスプレイに表示されている名前は、まさに澪が電話をかけようと思っていた「高木正文《まさふみ》」。

こんな偶然があるだろうかと思いながら通話ボタンをタップすると、すぐに高木の声が漏れ聞こえた。ただ、澪にはもはや携帯を持ち上げる力すら残っておらず、せっかく繋《つな》がっているのに答えることもできない。——すると、そのとき。

突如、背後から澪の肩越しに腕が伸び、ディスプレイのスピーカーボタンをタップした。

「……高木。早く回収してくれ」

耳元で響く、次郎の声。

驚いて振り返ると、次郎は小さく頷《うなず》く。そして、携帯からは、意外にも落ち着いた様子の高木の声が響いた。

「……やっと電話が繋がった。……もう近くまで来てるから大丈夫だよ。あと四十分くらい待てる？」

「ギリだな。凍え死ぬ」

「なんとか堪《こら》えて。急ぐから」

　まるですべてを察しているかのような高木との会話を、澪はただ呆然と聞いていた。

　短い通話を終えると、次郎は倒れる澪の肩にぐったりと首を預け、ほっと息をつく。

「澪、大丈夫か」

「……た、多分大丈夫、ですけど……、今の、どうして……」

「高木にはあらかじめ、万が一のときは頼むと伝えていた。……で、お前が念に突っ込んだときに連絡した。……正解だったな。俺もその辺りから記憶が曖昧《あいまい》だが……、兄貴に長々と体を使われたダメージが重いせいか、体にほとんど力が入らない……」

「……やっぱり……、一哉さんが……」

「生きてるときは霊感すらなかったくせに、……今回はあいつに全部持っていかれたな……」

「だけど……、次郎さんがいなかったら、私、今頃……」

　そう言いながら頭を過《よぎ》ったのは、破魔の短刀を押し戻されて苦しんでいた男の姿。ふいに恐怖が蘇《よみがえ》り、澪は辺りの気配に集中する。

「……あの……」

「ん」

「あの男は……」

「気配はまだ多少あるが……、かなり弱くなった。……これくらいなら、東海林さんが犠牲にならなくてもなんとか……」

「本当、ですか……？」

　澪にはまだ、一連の出来事のほとんどを理解しきれていなかったけれど、次郎が口にしたのはもっとも重要な事実だった。

　途端に勢いよく涙が溢《あふ》れ出し、両手で顔を覆う。

　目を閉じると、何度も恐怖と諦《あきら》めに呑《の》まれそうになった記憶が怒濤《どとう》の勢いで頭に蘇った。次郎は小刻みに震える澪の肩にそっと触れる。

「今回無事だったのは、もはや運だな。……こんな行き当たりばったりの力業は、二度と御免だ」

「……でも、よかっ……」

「とりあえず、しばらく寝てろ。……俺はまだ堪えられるから、高木を待つ」

　次郎はそう言うと、羽織っていたジャケットを脱いで澪にかける。ジャケットに残った体温と次郎の香りが、不思議と心を落ち着かせた。

「そんなことしたら、次郎さんが、凍えます……」

「いいから。お前になにかあったら、一哉の努力が無駄になる」

「兄弟揃って、過保、護……」

　言いながらも意識が遠退き、澪は抗《あらが》うこともできずに目を閉じる。

　東海林の安否はもちろん、マメや佳代の行方など、気になることはまだ山程あったけれど、澪の心も体も間もなく限界を迎えようとしていた。

「みんなで、帰りま……」

途切れてしまった言葉を心の中で繰り返しながら、澪の意識は深く沈んでいく。

最後に覚えたのは、そっと頭を撫《な》でるように触れられた、温かい手のひらの感触。

どっちの手だろう、と。澪は消えゆく意識の中で、二人の顔を思い浮かべていた。

とても不思議な夢を見た。

澪のすぐ傍で、幼い少女が床に寝そべり、嬉《うれ》しそうに千代紙を折っている。少女の周りには、数えきれない程の折り鶴。

――佳代ちゃん……？

心の中で尋ねると、少女は手を止めて幸せそうな笑みを浮かべ、こくりと頷いた。

――魂は、全部揃ったの……？

『うん』

――じゃあ、成仏できるね。

『でも、まだしない』

――どうして……？

佳代は質問に答えず、ひとつの折り鶴を澪に差し出す。

それは、佳代の周囲を囲う数々の折り鶴の中でも、ひときわ鮮やかな色彩を放っていた。

受け取ると、折り鶴はまるで生きているかのように動き出し、順番に折り目を開いていく。

やがて、すっかり一枚の千代紙に戻ると、澪の手のひらの上にふわりと乗った。

それがなにを意味しているのかわからず、澪は折り目だらけの千代紙をじっと見つめる。

そして、なにげなくそれを裏返した瞬間、ふいに、心がぎゅっと震えた。

千代紙の裏には、拙《つたな》い文字で「ずっとお父さんのそばにいたい」と綴《つづ》られていた。

これは、佳代の魂を宿していた折り鶴だと、澪は察する。東海林が持っていたものはもっと年季が入っていたけれど、改めて思い出せばその柄には覚えがあった。

佳代は立ち上がると、澪の前に立ち、大きな目で見上げる。そして。

『これを叶《かな》えないといけないから、まだ行かない』

そう言って、花が綻《ほころ》ぶような笑みを浮かべた。

それは、魂が散り散りになり彷徨《さまよ》った長い年月を少しも感じさせない、一点の曇りもない微笑みだった。

――叶えてもらおうね、……お父さんに。

そう伝えると、佳代はさらに目を細めて笑う。そして、澪にぎゅっと抱きついた。

『澪』

——名前、初めて呼んでくれたね。

『澪、——ありがとう』

突然のお礼に胸が詰まって、澪はそれ以上なにも言えなかった。佳代は幸せそうに笑いながら澪の体によじ上り、首に手を回すと頬を擦り寄せる。ないはずの体温が伝わってくるようで、澪は思わず力強く抱きしめ返した。

やがて視界が徐々に曖昧になり、澪は、目覚めが近いのだと感じ取る。佳代の温かな気配に浸りながら、ゆっくりと意識を手放した。

目を覚ますと、澪はホテルの寝室のベッドに寝かされていた。カーテンの隙間から差し込む日光の柔らかさから察するに、もう夕方が近いらしい。

ずいぶん長い時間寝てしまったと、慌てて体を起こそうとした澪は、全身を突き抜けた激しい痛みに頭が真っ白になった。

「……っ」

声にならない悲鳴が零《こぼ》れる。

ひとまず深呼吸して痛みをやり過ごし、慎重に神経を集中させると、腕にも足にも、少し動かしただけでまるで筋肉痛のような酷《ひど》い痛みが走った。

嫌な予感がしておそるおそる右腕に視線を向け、澪は驚きに言葉を失う。そこには、くっきりと大きな青痣《あざ》が広がっていた。

まったく理解ができず、頭も働かない。

そのとき、ふと、サイドテーブルに貼り付けられた付箋《ふせん》が目に入った。

そこに書かれていたのは、「起きたら呼べ」というひと言。几帳面《きちょうめん》な文字は、次郎の筆跡だった。

「じろ……さ……」

書かれている通りに呼ぼうとしたものの、大声を出そうとすると今度は胸に痛みが走る。

もはや手段がないと、澪は一旦《いったん》ベッドで脱力した——ものの。

覚醒《かくせい》しはじめた頭に、突如、東海林や、佳代や、マメの姿が浮かんだ。

「そうだ、みん……」

衝動任せに勢いよく体を起こすと、さっきとは比べ物にならないくらいの痛みが走る。

激しく咳《せ》き込むと、今度は肺が潰《つぶ》されるように苦しく、澪は一瞬呼吸を忘れた。——そのとき。

「——おい、暴れるな」

戸が開く音と同時に届いた、次郎の声。

ぎこちない動きで視線を向けると、呆《あき》れ顔の次郎と目が合う。

「次郎さ……、体が……」

次郎は溜《た》め息をつき、傍へ来ると澪の額を押してベッドへ押し戻した。

「いっ……！」

「……お前の体じゃとても収まりきれない念が一気に入りこんだせいで、体に無理が出たんだ。……それくらいで済んだのは奇跡だぞ。普通なら、内側から体が破られてもおかしくない」

「か、体が破れる……？」

「もうしばらく大人しくしてれば多少マシになるから、騒ぐな」

次郎は淡々と恐ろしい言葉を言いながら、ベッドに腰をかける。――そして。

「とりあえず、全員無事だ。東海林さんは奥の部屋で休んでるし、佳代やマメの姿もさっき確認した」

もっとも気にしていたことを教えてくれ、澪はほっと息をついた。

一方、次郎からはいかにも不満げな視線を向けられ、思わず目を逸《そ》らす。なにが言いたいかは、言われなくてもすでに自覚していた。

あれだけ無茶をするなと言われていたのに、今の澪は過去に例がない程の満身創痍《まんしんそうい》。不可抗力だとか、引き返すタイミングなんてなかったとか、言い訳はいくらでもあるけれど、問題は、そもそも引き返す気がなかったという澪自身にあり、おそらく次郎はそれを見抜いている。

しかし、次郎はなにも言うことなく、気まずい沈黙が続いた。

堪えかねた澪がチラリと様子を窺《うかが》うと、次郎の表情はいつになく暗い。普段感情を表に出さないぶん、たちまち罪悪感が込み上げてきた。

「次郎さん……？　あの、すみません……。こんなことになって……」

おずおずと謝ると、次郎はハッと我に返る。そして、少し辛《つら》そうに眉《まゆ》をひそめ、額に手を当てた。

「いや……、悪い。ぼんやりしてた」

「次郎さんがぼんやり……？　珍しい……」

「……というか、お前が謝る必要はない。……そもそも巻き込んだ張本人は俺だ」

「ど、どうしたんですか……。いつもなら烈火のごとく怒……い、いや、なにかありました……？」

余計なことを言いかけて慌てて訂正したものの、次郎は気に留める様子もなく、さらに言葉を続ける。

「これだけの目に遭って、その質問はないだろ。……今回の件で、これまでお前にかけていた負担がかなり大きかったことを自覚した。みずなぎ荘の調査のときにも思ったが……、自分以外の魂が中に入ることによる体の負担は、かなり大きいらしい。……たとえ、身内でもこれは――」

「次郎さん……？」

不自然に言葉が途切れ、澪は不安を覚える。

すると、次郎は突如ふらりとよろけ、澪のベッドに倒れ込んだ。

「次郎さん……！」

　澪は自分の体の痛みも忘れ、次郎の両肩を揺さぶる。すると、襟の隙間から、首元に広がる青痣が見えた。

「ちょっ……、なに、これ……！　だ、誰か……！」

「澪ちゃん！」

　叫ぶやいなや、部屋に飛び込んできたのは高木だった。

　高木はベッドに駆け寄ると、動揺して涙を浮かべる澪の頭をぽんと撫《な》でる。

「大丈夫だから落ち着いて。あーあ、大人しくしてろって言ったのに……」

「次郎さんが……」

「澪ちゃんよりはずっとマシだよ。東海林さんいわく、憑《つ》かれる耐性がないというか、憑かれることに向いてないというか」

「向いてない……？」

「らしいよ。俺にもよくわかんないけど、霊感云々《うんぬん》とはまた別のところで、向き不向きがあるんだって」

「そんなことが……」

　説明を聞いたところで、澪にはよくわからなかった。

　ただ、大丈夫だという高木の言葉に、ひとまずほっと息をつく。

「っていうか、一日に何回運ばせる気なんだ……。気絶した男を運ぶのがどれだけ大変か……って、完全にブーメランだね、このセリフ」

澪を気遣ってか、明るく振る舞う高木のお陰で、動揺が少しずつ落ち着きはじめた。

澪は体の痛みを堪《こら》えながら、ゆっくりとベッドの端に避《よ》ける。

「高木さん……、ここで寝かせてあげてください。私、歩けるから……、私が他の部屋に行きます」

「……そう？　なら、お願いしようかな。じゃあ、澪ちゃんは次郎が使ってた部屋を使ってくれる？　肩を貸すから、少し待ってて」

澪が頷《うなず》くと、高木は次郎の体をベッドの上に引っ張り上げた。

次郎の顔は血色が悪く、呼吸も浅い。

その様子は見ているだけで辛く、ふいに、次郎はいつも意識を失う澪を見てこんな気持ちになっていたのだろうかと、初めて自覚した。

無理するなと繰り返し言っていた次郎の言葉が、身につまされる。途端に、そんなに信用がないのかと不満を口にしてしまったことを情けなく思った。

「さ、澪ちゃん行こうか。……って、どした？　すごく辛そうだけど、体痛いの？　大丈夫？」

高木は俯《うつむ》く澪に戸惑い、傍に来て体を支える。

澪は、慌てて首を横に振った。

「いえ……、なんだか、いつもこんなに気苦労をかけてたんだなって、身に染みました

「ああ……、なるほどね。でも、次郎は次郎で、キツい役割ばっかり澪ちゃんに任せてることを気にしてると思うよ」

「そんなこと……。それに、私にできることなんて、ひとつしかないですから……」

「いやいや、本当に。長い付き合いだけど、次郎って案外そういうの気にする方なんだなぁって最近になって気付いたよ。ま、相手が澪ちゃんだからってのも、もちろんあるだろうけど」

「高木さん……」

またからかわれているのだろうと、澪は不満げに高木を見つめる。

けれど、高木は笑うことなく、澪を支えて部屋を出ながらさらに言葉を続けた。

「次郎って出会った頃からどこか冷めてるところはあったけど、一番心を許してた一哉くんの失踪《しっそう》以来、まるで機械みたいに感情が読めなくなっちゃって。だけど、何度も言ってるけど、次郎は本当に変わったんだよ。最近は、意外と一哉くんに似てるところあるなぁって思ってる」

「でも、性格は真逆だって……」

「誰もがそう思ってたんだけどね。子会社化してからは、どんどん周りに人が増えて、前だったら無意味にオフィスに来る人なんて即追い出してたと思うけど、それも黙認してるし。……昔は人のことなんて、むしろ自分自身のことすら道具くらいにしか思ってない節があったのに」

　さすがに大袈裟《おおげさ》だと反論しかけたものの、出会った頃の次郎の冷たい目を思い出し、澪は口を噤《つぐ》んだ。

　今になって思えば、澪を採用した理由もまた、一哉を捜索するための道具としての判断だったのだろう。

　ただ、そう考えても少しも腹が立たないのは、実際に一緒に仕事をするようになって数年、道具だと思っている相手には絶対に向けないであろう大きな気遣いや、優しさを実感しているからだ。

「変わったキッカケは、澪ちゃんだよ」

「そんなことは……！」

「澪ちゃんよりずっと付き合いの長い俺が言うんだから、反論は聞かない。……だから、もっと人間に戻してあげてよ。いくら心配かけても、俺が許すから」

「高木さん……」

「……とはいえ、無茶はしないでほしいけどね。……ほら、部屋に着いたからもう少し寝てなよ」

「ありがとうございます……」

　高木は澪をベッドに座らせると、部屋を後にした。

　高木が出て行った後、澪はしんと静まり返った部屋をぐるりと見回す。ここは次郎が使っていた部屋のはずだけれど、使用感はまるでない。

高木が言っていた「機械みたい」という表現は言い得て妙だと思いながら、澪はベッドに横たわった。

体はまだ痛むけれど、さっきよりはずいぶんマシだった。

ただ、霊障に当てられて具合が悪くなったことは何度もあるけれど、ここまで体にダメージが残ったことはなく、昨晩の出来事がいかに壮絶だったかを思い、今さら怖くなった。

寝ているようにと言われたものの、すっかり頭が覚醒《かくせい》してしまってとても眠れそうにない。

ぼんやりしていると、ふいに、マメのことを思い出した。

次郎は姿を確認したと言っていたけれど、気配はない。

「マメ……？」

名を呼んでしばらく待っても、反応はなかった。

念に近寄りすぎたせいで消えかけていたという推測が正しかったのなら、念が弱まった今、もう元に戻っていてもおかしくない。そもそも、いつものマメならば、澪が目覚めるまで傍に付いていてくれそうなものだ。

もしかして、もう見限られてしまったのだろうか、と。頭の中に悲観的な予想が浮かぶ。

考えてみれば、澪の安全を考えて威嚇までしたマメの配慮を無下にしたことや、思いきり払い除《の》けてしまったことなど、思い当たることはたくさんあった。

体も心も弱っているせいか思考はどんどんマイナスな方へと向かい、ついには涙が込み上げ、澪は両手で顔を覆う。——そのとき。

『クゥン』

かすかに響く、待ち望んだ声。

痛みを堪えて体を起こすと、さっきまではなかったはずのマメの気配がかすかに感じられた。

澪は、不安を抱えたまま部屋をぐるりと見回す。——すると、部屋の隅にちょこんと座るマメの姿を見付けた。

「マメ……！」

慌てて立ち上がろうとしたものの、脚に激しい痛みが走り、ふたたびベッドにうずくまる。

マメは、いつもはぴんと立てている耳を力なく垂らし、もう一度小さく鳴いた。

澪は、ゆっくりと手を差し出す。

「傍に、来て……？」

必死に訴えると、マメは少し戸惑った様子でちょこちょこと歩き、澪の指先でくんくんと鼻を動かした。

澪は、今すぐにでも抱き付きたい衝動を抑え、ずっと会いたくてたまらなかったその愛《いと》しい姿を見つめる。——すると、マメの体の大きな変化に気付いた。

「姿が……はっきりしてる……」

つい昨日までほとんど消えかけていたマメの体の輪郭が、見違える程にはっきりとしていた。

瞳《ひとみ》は潤み、毛並みは美しく、鼻先もしっとりと濡《ぬ》れている。

マメも念から解放されたのだ、と。そう確信した瞬間、ふたたび涙が溢《あふ》れた。

視界が滲《にじ》んで見えなくなってしまうのが惜しくて、澪は何度も涙を拭《ぬぐ》う。すると、マメはようやくベッドにちょんと飛び乗り、澪の傍になにかを置いた。

見れば、それは澪が墓地へ続く獣道に残した携帯食料。気付いてくれていたのだと思うと、胸がぎゅっと締め付けられる。

「ねえ……、マメ、戻ってきて、くれるんだよね……？」

おそるおそる尋ねると、マメは少し後ろめたそうに瞳を揺らした。

「どうしてそんなに悲しそうな顔するの……？　もしかして、私を巻き込んじゃったと思ってる……？」

『クゥン』

「ぜんぜん違うよ……、そんな顔しないで……？」

『クゥン……』

澪は我慢できずに、マメの首元にそっと触れる。

そして、指先からその懐かしい気配が伝わると同時に、ずっと心の中に積もり続けていた感情が、一気に膨れ上がった。

「ねえ……、すごく、勝手なことを言ってもいい……？」

頭に浮かんでいたのは、本来なら口に出すべきでない言葉。けれど、今の澪には、止めることができなかった。

澪はまるでしがみつくようにマメを抱き寄せ、柔らかい毛に顔をうずめる。——そして。

「マメ……、お願い。傍にいて……。——まだ、成仏しないで……」

それは、望んではならないと、ずっと心に秘めていたことだった。

マメには、もう亡くなってしまった最愛の主人がいる。再会させてあげたいと思っていたし、成仏するときには笑って送り出してあげようと、嘘ではなく思っていた。

けれど、様々な困難を一緒に乗り越えるうちに、いつの間にか、澪の望みはもう誤魔化すことができないくらいに膨らんでしまっていた。

「ずっと一緒にいようよ……。私の望みも、佳代ちゃんと同じなの……。望んで許されるなら、もう諦《あきら》めたくない。マメ、——どこにも行かないで……」

子供のように泣きじゃくる澪の頬を、マメがぺろりと舐《な》める。そして、澪の両腕に大人しく収まったまま、ゆるゆると尻尾《しっぽ》を振った。

『クゥン』

いいよ、と。

まるでそう言ってくれているようで、澪の涙腺《るいせん》が余計に緩む。

「マメ……」

結局、澪はいつまでも泣き止むことなく、マメを抱きかかえたまま、いつの間にか眠ってしまっていた。

気付いたとき、澪は車に揺られていた。

うっすらと目を開けると、窓越しに日が落ちかけた空が見える。

「あれ……、私……」

「あ、澪ちゃん起きた？」

ぼんやりしている澪の耳に、高木の笑い声が響いた。

「高木さん……？」

車は次郎のワンボックスカーだけれど、運転席に座っているのは高木だった。助手席には東海林が座り、後部シートに座る澪の隣には、ぐっすりと眠る次郎。その上には丸くなって眠るマメの姿もあった。

「明日は平日だから帰んなきゃでしょ？　でも次郎はこのザマだから、俺の車はひとまず置き去りだよ」

「そんな……、なんだか、高木さんには迷惑ばっかりかけて……」

「俺は全然。恩を売っておけば、第六に依頼を持って行きやすくなるしね」

「ありがとうございます……。高木さんがいてくれて、本当によかった……」

ルームミラー越しの高木の目が、優しく細められる。

しかし、安心すると同時に、気がかりなことが次々と浮かんできた。一日中寝ていた澪は、墓地から戻って以降のことをほとんど聞いていない。

「そうだ……！　佳代ちゃんは……！」

夢の中での会話を思い出すと一気に頭が覚醒し、澪は後ろから助手席に身を乗り出す。

すると、東海林はまったく疲れを感じさせない笑みを浮かべ、澪の前に市松人形を掲げて見せた。

「あの……、この中に……？」

「ええ」

東海林が頷《うなず》くと同時に、市松人形がカクンと首を動かす。

運転中の高木がビクッと肩を震わせ、東海林がクスクスと笑った。

「妙恩寺では人形の除霊や供養をしていましたから、おそらくこの人形には、持ち込まれる前に厄介な霊が憑《つ》いていたのでしょう。……私は覚えていませんので、おそらく私の父、前代の住職の時代に。ともかく、長年巣食ってくれていたお陰か、容《い》れ物としては優秀だったようです」

「って、ことは……」

「……ええ。佳代の魂はすべてこの中に。……私がふがいなくも倒れている間に、マメが魂を捜して連れて来てくれました」

そう言われて思い出すのは、すべてを終えて迎えた朝のこと。

確かにあのとき、マメの姿も、佳代の魂の気配もなかった。東海林の話の通りなら、マメはあの隙に佳代を捜しに行っていたのだろう。

ただただ呆然《ぼうぜん》としていた自分に比べ、なんて機転がきくのだろうと、澪はなんだか誇らしくなってマメの背中を撫《な》でた。

マメは眠ったまま、気持ちよさそうにお腹を天井に向ける。

「マメ、ありがとう……」

なかば無意識の呟《つぶや》きが、静かな車の中に響いた。――すると。

「お礼を言うべきなのは、私です。とくに、澪さんには何度言っても足りない。……私は、自分の力を過信していました。自分の中に封印するなどと言いながら、私の体は容れ物としてとても使い物になりませんでしたから。澪さんがいなければ、今頃、すべてを失っていたかもしれません。今度こそ、なにもかもを」

声は淡々としていたけれど、語られた内容は胸に迫るものがあった。

東海林はおそらく、自分の命が無事だったことを少しも喜んでいない。それが痛い程伝わってくる。

「……無事だった理由は、私のお陰なんかじゃないです」

頭で考えるよりも先に、言葉が口から零《こぼ》れていた。

東海林の目が、かすかに揺れる。

「東海林さんやご先祖様が代々守ってきた、破魔の短刀の力です……。東海林さんは全部捨てたって言うけど、妙恩寺のご先祖様たちは、東海林さんのこと大切に思ってるんじゃないでしょうか……。だってあの刀、あんなに錆《さ》びてボロボロだったのに、まだ悪霊を封じ込めてるんでしょう……？　そんな奇跡みたいなこと、見守ってくれてなきゃ絶対に起こらないと思うし、きっと東海林さんに生きててほしいから――」

ふいに東海林の目から涙が溢れ、澪は言葉を止めた。

想像で勝手なことを口にしてしまったかと、不安が心を過《よぎ》る。

けれど、東海林は流した涙を拭いもせず、振り返って穏やかに微笑んでみせた。

「……その通りかもしれません」

たったひと言だったけれど、そのかすかに震える声からは、悲観的な感情は伝わってこない。

「……東海林さんはマトモな死に方を望んでないって言ってましたけど、……しなきゃいけなくなりましたね」

「……ええ」

深く頷く東海林を見て、澪はようやくほっと息をついた。

すると、緊張が緩んだせいか、澪はふたたび強烈な眠気を覚える。

「あれ……？　なんか、また急に眠くなってきました……。起きたばっかなのに、なんでこんな……」

「そう簡単には回復しませんよ。……どうぞ、眠ってください」

まるで脳を侵略されていくような抗《あらが》いようのない眠気に、澪は瞼《まぶた》を閉じた。あっという間に意識が遠退いていく中、澪は佳代の折り鶴を思い浮かべる。

「佳代ちゃんの願いが叶《かな》って、よかっ……」

最後に感じたのは、澪の手を握る小さな手。

そのとても愛《いと》しい感触は、澪を心地よい眠りへと誘った。

翌日、澪が出勤したのは、十一時前。

「完全なる大遅刻……」

キラナビルの前に立ち、澪は一度深呼吸をした。

正直、昨晩のことはあまり記憶にない。

おぼろげに覚えているのは、高木に玄関まで送ってもらい、這《は》うようにしてベッドへ辿《たど》り着いたことと、一晩中抱きしめていたマメの感触。

目が覚めたときには、とうに始業時間を越えていた。

澪はもはや開き直り、ちゃっかりと入浴まで済ませて出発し、今に至る。

「状況が状況だし、許してもらえないかな……。でも昨日のは業務外だし無理か……」

『わぅ』

　不安は数々あるものの、それがどんなものであろうと、傍にマメがいる喜びを上回るものはない。

　マメを抱き上げてエレベーターのボタンを押すと、間もなく扉が開いた。澪はまだ少し重い体で、ふらふらと中へ入る。――すると。

「……お前の雇用形態はフレックスじゃないぞ」

　背後から響いた、次郎の声。澪はビクッと肩を震わせた。

「じっ……」

「大胆な遅刻だな」

「す、すみませ……」

　家を出る前、社内メールに遅刻の連絡を送ったものの反応がなく、次郎はきっと吉原不動産に寄っているのだろうと油断していたところの遭遇に、言い訳ひとつ出てこなかった。

　次郎はすっかり回復した様子で、澪の腕からマメを抱き上げ背中を撫でる。

「やっと戻ってきたな、お前」

『わぅ』

　なにげない会話がなんだか懐かしく、思わず涙腺《るいせん》が緩んだ。

澪は慌てて気持ちを切り替えようと、違う話題を探す。

「次郎さん、体調はもう全然平気そうですね……。今朝は吉原不動産で打ち合わせだったんですか……？」

「いや、遅刻だ。さっきまで寝てた」

「は……？」

もっとも予想を裏切る答えに、澪はポカンと次郎を見上げる。

しかし、次郎はまったく悪びれる様子もなく、平然とマメを撫で続けていた。

私生活がいまひとつ想像できず、なにもかもにそつがないと思い込んでいた次郎は、昨日からやけに隙が多い。

調子は狂うけれど、なんだか素の次郎を見ているようで、少し嬉《うれ》しくもあった。

澪はすっかり気持ちが緩み、次郎にじゃれるマメを微笑ましく見つめる。――けれど、そのときふいに、次郎が真剣な表情を浮かべた。

「……ところで、来週東海林さんが改めて例の念の封印をしに行くことになった」

「え……？」

ドクンと心臓が大きく鼓動する。

破魔の短刀を押し戻したことで念の気配はかなり弱まったものの、存在が消えたわけではない。

気にはなっていたけれど、そんなにすぐに行かねばならない程状況は緊迫していたのかと、たちまち不安を覚えた。

「もしかして、もう封印が破られそうなんですか……？」

「……いや、そういうわけじゃないが……」

次郎は否定しながらも、意味深な表情を浮かべる。

なんとなく嫌な予感を覚えながら続きを待つと、次郎は小さく溜《た》め息をついた。――そして。

「急いでいるのには別の理由がある。東海林さんは、――癌を患ってる」

「はい……？」

癌という言葉の破壊力に絶句する一方で、澪の脳裏を過っていたのは、少し前に見た、かなり具合が悪そうな東海林の姿。本人は否定していたけれど、やはりそうだったのだと納得している自分がいた。そのとき、エレベーターの扉が開く雑な音が響く。

ハッと我に返ったものの、エレベーターが表示していたのは五階。そして、扉が開いた先には東海林が立っていた。

「東海林さん……」

まさに今、東海林の話をしていたタイミングでの鉢合せに、澪は動揺を隠せず目を泳がせる。

すると、東海林はしばらく澪を見つめ、穏やかに笑った。

「……私の旅立ちは、どうやら一人ではないようです。……これ以上幸せなことはありません」

　それは、まるで澪たちの会話を聞いていたかのような言葉だった。戸惑う澪の前に、東海林は市松人形を差し出す。

「澪さんに会いたいそうで、連れて行こうと思っていたところです。偶然会えてよかった」

「……佳代ちゃんが……？」

「ええ。あなたのことがとても好きだと」

　市松人形を受け取ると、以前まではほんのかすかにしか感じられなかった気配が、はっきりと伝わってきた。

　散り散りになっていた魂が揃ったお陰なのだろう。

　澪は市松人形を、――佳代を、強く抱きしめる。

　すると、幸せだと表現した東海林の言葉の意味が、少しわかる気がした。東海林にどれだけの時間が残されているのかはわからないけれど、確かに、東海林の旅立ちは一人ではない。

　旅立つ瞬間に、折り鶴に込められた願いは成就する。

　複雑な気分だけれど、東海林が覚悟していた最悪の結末よりはきっといいのだと、澪はそう自分に言い聞かせた。

「では、私は戻ります。佳代をよろしくお願いします」

「はい。東海林さんがお帰りになるときに、迎えに来てあげてくださいね」

「ええ。ありがとう」

東海林はそう言うと、澪たちに深々と頭を下げる。

エレベーターの扉がふたたび閉まり、ガコンと振動しながら上へと動き出した。

「そういえば、次郎さんは少し前に東海林さんのことでなにかを言いかけてましたね……」

「……よく覚えてるな」

「気になっていたので」

澪が思い出していたのは、先週の記憶。残業になり、たまたま灯りのついていた東海林の部屋を訪ねた日のことだ。

東海林の部屋から戻り、市松人形に憑《つ》いているのが佳代かもしれないと知って泣いていた澪に、次郎は「俺はてっきり……」と、なにかを言いかけて止めた。

今思えば、東海林の病気のことを考えていたのだろう。

「次郎さんは、知ってたんですね」

「……ああ。知り合ったのは数年前だが、その時点ですでに患っていた。当時から果たすべき目的があると聞いていたし、進行を遅らせる治療を受けていたが……」

次郎の語尾が細り、澪の心に不安が過《よぎ》った。

「その言い方だと……、目的が果たされた今は……」

心臓が、ドキドキと鼓動を速める。

すると、次郎は小さく溜め息をつき、ふいに、市松人形の髪をそっと撫《な》でた。

「周りの人間からすれば、少しでも長く生きて欲しいと願うのは当然だが、……癌の治療はかなり辛《つら》いと聞く。悪霊に身を差し出すなんて話になれば別だが、俺はとくに意見する気はない。……選ぶのはあくまで本人の意思だ」

「そう……ですけど……」

「さっきの東海林さんの顔を見ただろう。……表情も、醸し出す雰囲気までも、まるで憑き物が取れたかのようだった。……なにが正解かは、本人に決めさせてやれ」

「…………」

確かにその通りだ、と。澪は、なにも言えなかった。

やがてエレベーターが開き、次郎は廊下に出ると、なかなか動こうとしない澪に手招きする。

「……おい。遅刻の自覚あるのか。五分も三時間も同じだと思うなよ」

「そ、そんなこと思ってないです……」

澪は慌てて次郎に続くものの、心の中は、さまざまな感情で混沌《こんとん》としていた。

世の中には、正解がわからないことが思ったよりも多く、自分の望みをどこまで突き通していいのか、ときどきわからなくなる。もちろん、次郎の肩に乗ってぱたぱたと尻《しっ》尾《ぽ》を振るマメのことも同じだ。

極論、命について他人が踏み込める範囲なんて、ほんの一部でしかないのだろう。

そう考えると、なんだか急に一人ぼっちになった気がした。

「澪？」

「え？……あ、いえ、なんでも……」

黙ってしまった澪に、次郎はなにか言いたげな表情を浮かべる。けれど、結局なにも言わないまま、オフィスの戸を開けた――そのとき。

「遅い！」

中から聞こえた叫び声に、澪の頭は真っ白になる。

一方、次郎はうんざりした表情を浮かべた。

「アポを取れ……」

次郎の呟《つぶや》きと同時に廊下に顔を出したのは、晃と伊原。

晃は驚く澪の手首を摑《つか》み、オフィスの中へ連れ込む。

すると、エントランスには、リアムの姿もあった。

「ミオ、久しぶりだね！会いたかったよ！」

「そんな素朴な顔して、結構派手に遅刻すんね」

「リアム、伊原さん……」

わけがわからず動揺する澪を見ながら、晃がいたずらっぽく笑う。

「なんか、来ちゃった」

「……なんか来ちゃったじゃないだろ。入れるな面倒くさい」

「うわぁ、酷《ひど》い言い方……！　壮絶な連休を過ごしたっていう噂を聞いて、元気付けてあげようとわざわざ来たのに！」

「心の底から遠慮する」

次郎と伊原の応酬を聞き、澪は思わず笑った。

なんだか一気に日常に戻ったような感覚を覚え、ついさっきまで覚えていた寂しさも心の奥へ影を潜める。

「澪ちゃん、お宅の上長は俺に冷たすぎない？　なんとか言ってよ」

「そんなことを言われましても……」

「それよりミオ！　差し入れがあるから一緒に食べよう！」

「え、嬉《うれ》しいです！　次郎さん、もうすぐお昼ですし、高木さんにも声をかけてみていいですか？……あと、東海林さんにも！」

「……ってか何度も言うけど、君、遅刻したんでしょ？　フツーにお昼とか言ってる場合なの？」

「午後に怒濤《どとう》の勢いで巻き返しますから大丈夫です」

「……クソみたいな嘘をつくようになったね」

伊原に呆《あき》れられながらも次郎を見上げると、次郎はやれやれと肩をすくめた。

「……これじゃ、どうせ仕事にならないだろ」

「ありがとうございます！　じゃあ、早速呼んできます！」

澪は佳代を抱えたままオフィスを出ると、早速五階に向かう。

追いついてきたマメが澪の肩に乗り、頬をぺろりと舐《な》めた。

「口を出せなくたって、……できることがなんにもないわけじゃないよね」

零《こぼ》した呟きは、オフィスから響く喧騒《けんそう》に掻《か》き消される。

けれど、まるでその言葉に応《こた》えるかのように、佳代の小さな手が澪の手のひらをきゅっと握った。

過日の事件簿

愛しき呼び声

大岡春一《おおおかはるいち》は、孤独だった。

東京は八王子に代々受け継ぐ広大な土地を持ち、金に困ることのない人生を送ってきたが、ただ、孤独だった。

五人の子供に恵まれ、子供たちに不自由がないよう大きな屋敷を建て、欲しいものはすべて買い与え、できる限りの愛情を注いできた。——けれど、それによって生まれたのは、親子の絆《きずな》ではなかった。

全員が成人して以来連絡はほとんどなく、たまにフラッとやってきたかと思えば事業が上手《うま》くいかないという愚痴を零《こぼ》し、目的は金の無心。

最初は言われるままに金を渡していた大岡だったけれど、変化があったのは、妻を病気で亡くした頃のこと。

葬儀の後、悪びれもせずに金をせびる息子を前にして、頭の中でなにかがプツンと切れた。

その日の記憶は、ほとんどない。

屋敷のリビングでたった一人、拳《こぶし》に残ったままの息子の血を眺めながら、自分には家族はいないのだと思った。

そんな大岡をさらに孤独に追いやったのは、唯一の親友の事故死。

名を相良《さがら》といい、妻の葬儀での乱闘を止めてくれ、息子を諭してくれた、信頼のおける男だった。

相良もまた地主であり、大岡とは性格も、その境遇までもよく似ていた。一緒に酒を飲めば大岡と同じように子供たちの愚痴ばかり零していたし、気を許せる相手は大岡だけだと嬉しそうに話していた。

しかし、そんな唯一の親友の葬儀は、とても悲惨なものだった。

そこかしこから遺産について話す声がコソコソと漏れ聞こえ、涙を流す者は一人も見当たらない。心の底から別れを惜しんだのは、おそらく大岡だけだった。

大岡は、まるで自分の未来を見ているようだと思いながら、会場を後にする。

すると、ふいに、出入り口の前に放置された一台のケージが目に入った。

気になって覗《のぞ》き込むと、中には小さく丸まって体を震わせる柴犬《しばいぬ》の姿。

「どうした……？」

動物に興味を持ったことのない大岡がつい声をかけてしまったのは、相良を失った寂しさのせいかもしれない。

狭いケージに入っているのは、汚れた毛布が一枚と、いつ替えたのかわからない、ゴミの浮いた水入れのみ。

なんとなくその場から離れられず、気付けば大岡はケージの前にしゃがみ込んでいた。

――そのとき。

「大岡さん。生前は父が大変お世話になりました」

声をかけてきたのは、相良の長男。顔を合わせたことはほとんどなかったけれど、大岡のことを覚えていたらしい。

「この度は御愁傷様でした。……ところで、この犬は？」

「ああ。……これ、僕らも聞かされてなかったんですけど、最近父が飼いはじめていたみたいで。困りますよね、こんなの残して死なれたら。……柴犬って流行《はや》ってるし、まだ子犬だし、見た目は可愛いんですけど誰にも懐かなくて。やたら噛《か》み付くので触ることもできないんです。せっかく親戚《しんせき》が集まるので引き取り手を探そうと思って連れてきましたが、見付からなければ保健所に連絡します」

長男の口調からは、父親に対しても、この子犬に対しても、少しの愛情も感じられなかった。

腹が立つよりもただ虚《むな》しく、大岡は嫌悪感を振り払うように溜《た》め息をつく。

「……私が連れて帰っても？」

ついそんなことを口にしてしまったのは、勢いだった。

相良が子犬を飼いはじめたという話は聞いていなかったけれど、きっと寂しかったのだろうと、そして、目の前にいる長男よりも、この子犬の方がよほど相良に愛情を注いでくれていたのではないかと思えて、放っておけなかった。

「はっ……？　大岡さんが……？　そりゃいいですけど、こいつ本当に噛みますよ……？　僕も何度も……」

「構わないよ」

「じゃ、じゃあ……、どうぞ」

ポカンとする長男を他所《よそ》に、大岡はそれ以上なにも言わず、ケージを持ち上げその場を後にする。

車の助手席に乗せて家へ向かいながら、長らく誰も乗せたことのなかった車に自分以外の気配があることが、奇妙でならなかった。

視線を向けると、子犬は体を震わせながら、こわごわと大岡を見上げる。

途端に、切ないような苦しいような、それでいて少し気持ちがほどけるような、あまり経験のない複雑な感情が込み上げてきた。

大岡は、相良を亡くして心が弱っているせいだと自分に言い聞かせ、ケージにそっと触れる。

「……俺は、動物を飼ったことがない。だから、俺なんかがお前を連れ帰れば、不自由な思いをさせてしまうかもしれない。それでも、できるだけのことはするつもりだから、大目に見てほしい。……すまない」

謝った途端、子犬の片耳がぴくりと動いた。ふいに言葉が通じたような錯覚を覚え、慌てて首を横に振る。

心の中では、動物を相手になにを言っているのだろうという冷静さと、この命の気配を尊く感じる、今まで知らなかった感情がせめぎ合っていた。

ただ、子犬を連れ帰ったことに対しては、自分でも不思議に思うくらいに迷いも後悔もなかった。

「――お前、マメっていうのか。……相良らしくない、ずいぶん可愛い名前をもらったな」

首輪から下げられた迷子札を手に取り、大岡は思わず笑う。

相良の息子からはしつこく忠告されたけれど、連れ帰った子犬、マメは、大岡を威嚇することも噛み付くこともなかった。

むしろ、不思議に思うくらいに、あっさりと大岡に心を許した。

大岡は家に帰るやいなや、手探りながらも汚れたマメを風呂《ふろ》に入れ、それから人生で初めてのペットショップへ行って、店員に勧められるままに必要なものをすべて揃えた。

家へ戻った後は、見たこともない道具の使用方法をひとつひとつ確認し、「犬の飼い方」という本を隅々まで読んだ。

年甲《としが》斐《い》もないと自分自身に呆《あき》れる一方、少年の頃に戻ったかのようなワクワクする気持ちが懐かしくもあった。

あっという間に夜になり、すっかり熱を上げていた大岡に寄り添うように眠るマメを見ながら、大岡は笑い声を零す。

出会ったばかりだというのに、戸惑ってしまうくらいに愛情が膨らんでいた。込み上げるものが抑えられず、その首元をそっと撫《な》でる。

マメはかすかに目を開け、大岡の指をくんくんと嗅《か》いでぺろりと舐め、うるうるした目で見上げた。

「……お前、あいつの息子を噛んだんだってな」

「クゥン」

「……はは。いい気味だ。葬儀の間はずっとモヤモヤしていたから、お前のお陰でスッとした。……にしても、こんな不慣れな俺には気を許してくれるなんて、変な奴だな。昔から、俺と相良は雰囲気が似ているとよく言われたけれど……」

相良の名を口にすると、心にじわじわと寂しさが広がる。

ただ、マメのことで一日中バタバタとしていたせいか、事故の連絡を受けて以来抜け出せなかった深い悲しみは、わずかに緩んでいた。

それからの大岡の生活は、大きく変化した。

マメは大人しく、どこへ行くにも大岡の後を追い、一人の晩酌にはそっと寄り添ってくれた。そして、驚く程に利口だった。

マメは静かに大岡を観察し、教えてもいないのにいつの間にかさまざまなことを覚え、一ヶ月が経った頃には、新聞や郵便物を取りに行ったり、眼鏡やテレビのリモコンを渡してくれたりと、大岡を手伝ってくれるようになった。

犬に対する知識をまったく持たなかった大岡にも、それがいかに特別なことかはもちろんわかっていたし、なにより自分を慕ってくれていることが嬉《うれ》しかった。

そんなマメに対し、大岡もまた持てる限りの愛情を注いだ。

すべての部屋をクッションフロアに替え、かつて子供たちのためにと敷地内に作ったアスレチックはマメの遊び場になり、生活そのものがマメを中心にしたものへと変わっていった。

そんな日々はあまりに幸せで、やがて、マメとの出会いは相良がくれた贈り物だったのかもしれないと、柄にもないことを考えるようになった。

しかし、――そんな生活が陰りを見せたのは、マメと暮らしはじめて三ヶ月が経った頃のこと。

「――大岡さん。そろそろ介護のことをお考えください。病状は悪化していますし、脚の神経も深刻な状態です。薬で痛みを抑えることはできますが、骨も弱っていますから、治療をしても大きな成果は望めません。……放っておけば、近いうちに歩くことが困難になります」

数年前から歩行に違和感を覚えていた脚が突如激しく痛み、病院で言い渡されたのは、持病の糖尿病が悪化したことによる神経障害だった。

若い頃からの不摂生により、糖尿病を患ったのは四十代の頃。当時は定期的に通院して治療に専念したけれど、五十を超えた頃に妻を亡くし、突然どうでもよくなってぱたりとやめた。

そのときの大岡には、あまり長生きしたいという望みがなかった。ただただ孤独なこの日々に、しがみつく程の価値を見出せなかったからだ。

しかし、それ以降も、病状が著しく悪化することはなかった。

やがて、入れ替わり立ち替わりやってくる子供たちの金の無心にうんざりして人間不信になり、妻の死から十年が経った頃には、近隣の人間たちから偏屈な老人と噂されはじめ、様子を見に来た主治医すら何度も追い返した。

そんな苦しい日々を過ごした末に得たマメとの生活に、何十年ぶりかの幸せを感じていたというのに、――それは、医者からの宣告によってあっさりと崩れ去ろうとしていた。

介護が必要になると言われても子供たちにだけは頼りたくないし、人間不信の大岡にとって人を家に入れるという選択肢もない。ましてや、介護施設に入ることなど論外だった。

自分一人なら、誰にも頼らず野垂れ死んだ方がいっそマシだと開き直れるが、今の大岡にはマメの存在がある。

自分が死んでしまった後のことを考えると、酷《ひど》く心が痛んだ。

「……お前の居場所を作ってやりたかったのに、まさかこのザマとは……。自業自得だが、悔やみきれないな」

大岡は、痛む脚をさすりながら弱音を零《こぼ》す。

すると、マメはそんな大岡をじっと見つめた後、ちょこちょことリビングから出て行ったかと思うと、ダイニングから薬の袋を咥《くわ》えて戻ってきた。

「はは。マメは、私の薬も覚えたのかい？……本当に偉いな。ありがとう」

大岡はなんだか気が抜けて、マメの頭を撫でる。けれど、マメはあまり納得いかない表情を浮かべ、ふたたびふらりとどこかへ向かい、今度は眼鏡を咥えて戻ってきた。

「マメ、どうした？……大丈夫だよ。そんなに働かなくていいから、ここに座っていなさい」

「クゥン」

「マメ……？」

大岡が止めても、マメは聞かなかった。

その後も新聞やら本やらリモコンやら、動けない大岡の傍にいろいろな物を運んでは、じっと様子を窺《うかが》う。

最初は不思議に思っていた大岡だったけれど、なにかを運んでくるたびまっすぐに向けられる瞳《ひとみ》を見ながら、ふいにひとつの予感が頭を過《よぎ》った。

「ああ、お前は……、俺が弱っていることを知ってるんだなぁ」

マメはおそらく、大岡の命を繋《つな》ぎ止めるなにかを探しているのだ、と。そんな冗談のような仮説を、大岡はなぜだかすんなり受け入れていた。

「……無理なんだよ。自分の体を大事にしなかった報いだから、こればかりは誰にもどうにもできない」

マメの瞳が揺れる。

まるで人の言葉を理解しているようだと、大岡は思った。マメから向けられる目は、大昔に子供たちから向けられていた、愛情溢《あふ》れる眼差《まなざ》しを思い出させる。もうあんな目を向けられることは永遠にないだろうと、蓋《ふた》をしていた記憶が鮮明に蘇《よみがえ》ってきた。

そして、初めて、自分の人生を後悔した。

「俺はきっと、いろいろ間違えたんだろう……。今さら取り戻せるものなんてなにひとつないが、……お前がいてくれて、よかった」

背中を撫でると、マメは不安げな様子で部屋を見渡す。今も、なにを持ってくれば元気になるのかを必死に考えているのだろう。大岡はその体を抱き上げ、力強く抱きしめた。

「欲しいものなんかないよ。……お願いだから、傍にいてくれ。最期まで自分勝手が許されるなら……延命なんてしなくていいから、最期の瞬間までお前の傍にいたい」

「クゥン……」

マメは大岡の頬に鼻を擦り寄せ、寂しげに鳴く。

こんなに幼いのに二度も別れを経験させてしまうことが苦しかった。

その上、今の自分には、マメを可愛がってくれる新たな主人を探してやることすら叶《かな》わない。

「マメ、ずいぶん勝手なことを言うけれど……、私が死んだ後は、深い愛情をくれる優しい人間を見極めて、心を開きなさい。……俺にそうしたように」

「クゥン……」

「お前はずいぶん嫌な思いをしてきたんだろうが、無償の愛情をくれる者だって必ずいるから」

言葉が通じていると信じ、大岡はマメを抱きしめる。

マメは、大岡の姿を目に焼き付けるかのように、いつまでもまっすぐに見つめていた。

大岡がこの世を去ったのは、それから間もなくのこと。

最期の瞬間までマメと二人っきりで過ごした大岡は、死んでから何日も誰からも気付かれることなく、最初に発見したのは、久しぶりに訪ねて来た息子だった。

マメは、大岡の亡骸《なきがら》に触れようとするすべての人間をがむしゃらに威嚇し、噛《か》みつき、追い払った。

マメは、大岡から言われた「深い愛情をくれる優しい人間を見極めなさい」という言葉を、忠実に守っていた。

その基準は、大岡の傍にいるときに覚えた、穏やかな空気に包み込まれるような感覚。

しかし、その基準に適《かな》う者は誰一人、——大岡と似た匂いを漂わせる子供たちの中にすら、見つけられなかった。

ついには保健所を呼ばれ、かけられた罠《わな》から間一髪逃れたものの、もう二度と大岡の傍に行くことは叶わず、——やがて、共に過ごした屋敷もあっさりと解体されてしまった。

その後、しばらく屋敷の周囲を彷徨《さまよ》っていたマメも、ついに力尽きる。しかし、マメは自分が死んでしまったことに気付いていなかった。

マメを留《とど》めていたのは、大岡がマメのために願ってくれた言葉。そして、「おいで」という、優しい呼び声。

マメの中には、それを見つけなければならないと、——大岡を安心させてあげなければならないという、強い使命感があった。

＊

「——マメ、おいで！」

東京は八王子。

妙恩寺での騒ぎが一段落し、澪と次郎が訪れていたのは大岡春一が眠る墓。

丘の上に広がる霊園は、景色のよさはもちろんのこと、木々の香りを含んだ風が通り抜ける気持ちのいい場所だった。

ここを訪れたキッカケは、澪のなにげない呟《つぶや》き。

マメとずっと一緒にいたいと願ってしまった手前、マメの主人に挨拶《あいさつ》しておきたいと言い出した澪の思いを汲《く》んで、次郎が場所を調べてくれた。

大岡の墓石の前に立ってまず驚いたのは、まだ新しい花が生けられていたこと。子供たちから見放され、孤独な最期だったことを知っていた澪は、こうして訪れる人間がいることに、なんだかほっとした。

正面に座って手を合わせると、マメがその横にそっと寄り添う。

「大岡さん。なかなかマメをそっちに行かせられなくてすみません……。私があまりにダメすぎて、マメがいなきゃ本当に危なっかしくて……。地下に閉じ込められたときも助けてもらったし、海で溺《おぼ》れそうになったときも助けてくれたし、あと……」

「おい、全部話してたら日が暮れるぞ」

「た、確かに……」

次郎に指摘され、澪は苦笑いを浮かべてゆっくりと目を閉じる。

――私が、絶対に大切にします……。

心の中でそう唱えると、まるで頭を撫《な》でられるような、優しい風が吹いた。

「……ねえ、マメ。大岡さんはマメにすごく優しくしてくれたんでしょ？」

ふいにそんなことを尋ねたのは、大岡の墓石の前が、なんだか暖かく感じられたからだ。マメは澪をじっと見上げ、小さく鳴き声を零す。

「……きっと、会いたいよね。……ごめんね」

澪の呟きが、静まり返った霊園に響いた。

ついしんみりしてしまい、澪は気持ちを切り替えようと、勢いよく立ち上がって大岡の墓石にぺこりと頭を下げる。

「では、また来ます！」

そして、出口に続くゆるやかな坂道を下りながら、足元にマメの姿がないことに気付いた。

「マメ……？」

きっと別れを惜しんでいるのだろうと、澪はゆっくりと振り返る。

しかし、マメは大岡の墓石の前にちょこんと座りながらも、澪の方をまっすぐに見つめていた。

なんだか胸に込み上げるものがあり、澪はなにも言えないまま、ただその場に立ち尽くす。――けれど。

「マメが選んだ今の主人は、お前だろ」

ふいにかけられた次郎の言葉で、不思議なくらいに気持ちが軽くなった。

「……マメ、――おいで」

名を呼んだ瞬間、マメは一瞬見たことのない表情を浮かべ、耳をピンと立てる。そして、嬉《うれ》しそうに駆け出し澪の胸にとびかかった。

「ちょっ……、危な……！　ど、どうしたの急に！　甘えたいの……？　やだ、かわいい……！」

「……一応言っておくが、周りからはマメが見えてないことを忘れるなよ。お前、不審者だぞ」

「はい！　でも、どうでもいいです！」

はっきりと言いきった澪に、次郎はやれやれと肩をすくめる。

その表情が可笑《おか》しくて、澪は思わず笑った。

本書は書き下ろしです。
この作品はフィクションです。実在の
人物、団体等とは一切関係ありません。

丸《まる》の内《うち》で就職《しゆうしよく》したら、幽《ゆう》霊《れい》物《ぶつ》件《けん》担《たん》当《とう》でした。9

竹《たけ》村《むら》優《ゆ》希《き》

令和3年 3月25日　初版発行
令和6年 11月25日　5版発行

発行者●山下直久

発行●株式会社KADOKAWA
〒102-8177　東京都千代田区富士見2-13-3
電話　0570-002-301（ナビダイヤル）

角川文庫 22603

印刷所●株式会社KADOKAWA
製本所●株式会社KADOKAWA

表紙画●和田三造

ISBN 978-4-04-111160-4　C0193

◆◇◇